에크리.
영혼의 물질적인 밤

펴낸날 2023년 9월 25일

지은이 이장욱

펴낸이 이광호

주간 이근혜

편집 윤소진 김필균 이주이 허단 방원경 유하은

마케팅 이가은 허황 최지애 남미리 맹정현

제작 강병석

펴낸곳 ㈜문학과지성사

등록번호 제1993-000098호

주소 04034 서울 마포구 잔다리로7길 18(서교동 377-20)

전화 02)338-7224

팩스 02)323-4180(편집) 02)338-7221(영업)

대표메일 moonji@moonji.com

저작권 문의 copyright@moonji.com

홈페이지 www.moonji.com

ISBN 978-89-320-4213-8 03810

영혼의   이장욱

물질적인 밤

에크리.

차례

1. 그해 겨울, 일기

2. 에크리, 또는 메모들

3. 에크리, 또는 장소들

4. 다시 겨울, 일기

1. 그해 겨울, 일기

1-1. 자작나무, 일기

그해 겨울, 나는 기숙사 룸메이트 안드레이와 함께 상트페테르부르크를 떠나 중부 러시아의 추바시로 긴 여행을 떠났다.

볼가강 연안의 그 소규모 공화국으로 가는 길은 눈과 겨울과 자작나무와 얼지 않는 강과 낮고 단단한 영하의 길들로 잇닿아 있었다. 기차 안에서 보낸 2박 3일, 그리고 엘렉트리치카라고 불리는 낡은 전차 안에서 바라보는 풍경들과 더불어 나는 춥다, 춥다, 춥다고 중얼거렸고 안드레이는 심상한 표정으로 창밖을 바라보고 있었다. 자작나무는 자작나무로, 설원은 설원으로 이어져 있었다. 창밖으로 희미하게 흘러가는 볼가강에 인간의 흔적은 좀처럼 보이지 않았다.

자작나무 숲속의 작은 역사에서 다음 전차를 기다리는 동안 샤갈의 눈 내리는 마을에는 정말 흰 언덕이 있고 암소가 울고 사슴이 끄는 마차가 지나갔다. 그 너머로 자작나무 지평선이 펼쳐져 있었다. 저 유구한 자연은 인간에 대해 압도적이었으므로 러시아인들에게 친근한 것은 인간성이 아니라 신성일 것이었다. 그네들의 영혼에는 인간과 인간 사이의 좌충우돌보다 인간과 신성 사이에 개입하는 숭고의 감정이 더 큰 자리를 차지하고 있을 터였다.

그 여행길의 내 륙색에는 문학청년답게 이성복의 『남해금산』과 황지우의 『겨울 나무로부터 봄 나무에로』가 들어 있었고 또 모더니즘 시대의 열혈 시인 마야콥스키와 우울한 로맨티스트 알렉산드르 블로크의 낡은 시집이 있었다.

나는 그 여행 내내 시를 쓰지 않았다. 대신 20세기 초 러시아의 뜨거운 혼돈을 생각했다. 형식주의와 마르크스주의가 혼재하고 아방가르드와 유물론 미학이 경쟁하던 그 시대는 트로츠키 같은 고위 정치가가 『문학과 혁명』 같은 문학 이론서를 출간하던 시절이었다. 지금의 눈으로 보면 거의 기이하게까지 보이지만, 그 시대에 혁명가는 곧 철학자였으며 문학 이론가였다.

어떤 형식주의자들은 자신이 마르크스주의자라는 사실을 당연하게 생각했으며, 전위적인 시인들은 미술과 연극과 영화를 통해 시를 해체하고 혁명에 닿고자 했다. 어떤 시인은 장대한 서사를 취해 기나긴 소설을 쓰고, 어떤 소설가는 난해한 이론과 분석으로 가득한 문학 비평서를 발표했다. 그 시대의 영혼들에게는 시와 소설이, 이념과 글쓰기가, 비평과 마니페스토가, 프로파간다와 예술이 그리 먼 거리에 있지 않았다. 그것은 삶이 그 자체로써 예술 형식을 압도하는 풍경에 다름 아니었으니 그들에게 장르란 관례들의 묶음에 불과했을 것이다.

하지만 그해 겨울의 나는 1910년대나 20년대가 아니라 1990년대 중반의 러시아를 여행하고 있었다. 소련이 러시아로, 레닌그라드가 상트페테르부르크로, 공산당 서기장이 대통령으로 직함을 바꾼 지 겨우 3, 4년이 흐른 뒤의 겨울이었다. 소비에트 시절의 관료주의에 익숙한 사람들은 이제 막 번식해가는 자본주의의 분방하고 강퍅한 '자유' 앞에서 당혹스러운 표정으로 스스로를 바라보고 있었다. 그들 대부분은 소비에트 시절을 낭만적으로 추억할 수도 없고, 부박한 자본주의의 미래에 희망을 걸 수도 없는 이상한 시간을 흘려보내고 있었다. 자작나무들은 여전히 자라났고, 러시아의 겨울은 깊고 어두운 숲과 흰 눈으로 가득한 검은 하늘을 보여주었다.

*

그 숲의 안쪽에는 자작나무 목욕실이 딸려 있는 안드레이의 고향 집이 있었다. 일생 동안 농사를 지어온 안드레이의 아버지는 보드카에 취한 채 소비에트 시절을 "좋았던 시절"로 정의했으며, 인텔리 교사인 어머니는 취한 제 남편의 말을 단호하게 부인했다. 안드레이의 아버지에게 소비에트는 '강한 러시아'의 대명사였으며, 어머니에게 소비에트란 '역사'와 '이념'과 '도덕'의 이름으로 통제되던 거대한 수용소에 다름 아니었다.

그리고 밤늦게 자작나무로 목욕물을 데우던 삼십대의 신학생 안드레이는 타오르는 불에 시선을 두고 내게 말했다. 너는 민주주의자다. 민주주의는 서구의 것이다. 러시아에는 서구의 민주주의가 필요하지 않다. 러시아에 필요한 것은 신성을 기반으로 한 공동체적 전제專制다……

그것은 러시아의 정신사를 지배해온 주장들 가운데 하나였다. 도스토옙스키를 비롯해 19세기 이래의 수많은 사상가들은 소설로, 신학서로, 철학서로, 이와 유사한 주장을 반복해왔다. 그네들은 대체로 서구의 이성과 제도를 신뢰하지 않았으며, 그 불신은 '러시아적 정신' 또는 '유라시아니즘'이라는 이름을 얻어 정당성을 획득해왔다.

물론 나는 안드레이의 말에 동의할 수 없었다. 내게는 신성을 기반으로 한 공동체적 전제를 신뢰할 만한 신앙의 힘이 없었다. 그것이 종교와 문화의 영역이 아닌 현실 정치의 영역으로 내려오는 건 받아들일 수 없는 것으로 느껴졌다. 신성은 인간의 영혼이 궁극에 이르러 대면해야 할 무엇이지만, 현실 정치 안에서 그것은 반드시 오염된 '인간적' 방식으로 작동한다는 것을 나는 알고 있었다. 나에게 현실 정치란 '경쟁'과 '적대성'을 통해서만 그 건전함을 간신히 유지할 수 있는 나약한 인간들의 영역이기 때문이다. 신성은 신의 것이어서 인간들이 저희 마음대로 사용할 수 없는 것이다.

하지만 이십대 중반이었던 나는 신학생 안드레이의 생각을 더 깊이 이해하고 싶었던 것 같다. 안드레이를 이해한다는 것은 자작나무와 러시아의 눈 내리는 숲을 이해한다는 것이었다. 나는 안드레이 곁에 쭈그리고 앉아 타오르는 자작나무를 멍하니 바라보았다. 나는 러시아의 타오르는 겨울 한가운데 앉아 있었다. 자작나무는 모든 생각들의 바깥에서 불꽃이 되어 타오르고 있었다.

불꽃은 소멸하면서 동시에 그 소멸에 의해 탄생한다. 불꽃은 살아 있는 것을 태워서 생과 멸의 차이를 지운다. 시베리아의 불꽃에는 인간이 수행하는 언어화와 의미화를 끝없이 유예시키고 무력화시키고 부정하는 힘이 숨어 있는 것처럼 느껴졌다. 그것은 교차하는 시간과 공간 자체이고, 의미와 의미의 격렬한 투쟁이고, 정의와 불의가 뒤섞이고 혼재된 역사의 이미지인 것 같았다. 그리고 마침내 인간 바깥의 무구하고 무정하며 물질적인 세계가 모든 것을 쓸어버리는 힘의 모습인지도.

저 불꽃은 꺼지지 않을 것이다. 꺼지더라도 다시 타오를 것이다. 그것은 인간에 의해 훼손될지언정 인간을 다 지우고도 지속될 것이다. 인간을 돌보지 않을 것이다. 안드레이와 나는 자작나무 욕실을 뛰쳐나와 눈의 언덕으로 달려가 희디흰 눈 위에 알몸을 던졌다. 그렇게 누워 있다가 벌떡 일어나 다시 목욕실로 달려갔다. 영하 30도의 그 겨울, 내 몸은 지나치게 차가웠고 자작나무 목욕통의 물은 지나치게 뜨거웠다. 나는 내 찬 몸을 뜨거운 물에 담갔고 안드레이는 붉은 화덕에 또다시 자작나무 가지들을 던져 넣었다.

[2004]

1-2. 백야, 일기

2007. 6. 19.

이륙이란, 묘한 것이다. 자신이 속해 있던 세계가 저 아래 성냥갑 크기로 줄어드는 풍경. 지지고 볶는 생활의 부피가 급격히 축소되는 듯한 묘한 착시.

허공에 뜬 뒤에는 누구나 그렇게 혼자가 된다. 오후 3시 5분, 인천발 상트페테르부르크행 아에로플로트기 이륙. 예정보다 40분이 지연된 시간이다. 아마도 외로운 러시아가 되겠지. 그렇기를 바란다.

2007. 6. 20.

저녁이다. 나는 상트페테르부르크의 한 공동주택에 황량한 아파트를 얻어 혼자 술을 마시고 있다. 무거운 목조 문을 밀고 들어와 어두침침한 계단을 올라와야 하는 19세기식 건물이다. 현관문은 놋으로 된 무거운 열쇠 꾸러미로 두 개의 열쇠 구멍을 맞추어야 열리게 되어 있다. 복도를 오가는 발자국 소리가 문틈으로 스며든다.

나는 이 북구 도시 특유의 낯선 공기에 여전히 적응이

안 되지만 계단이 삐걱거리는 소리만큼은 좋아한다. 그 소리는 무언가 오래된 기억을 불러일으킨다. 19세기의 뒷골목에서 21세기의 귀로 흘러 들어오는 소리랄까. 아니면 어제 계단에서 나를 스쳐간 백안의 청년이 흥얼거리던 콧노래인지도 모르지.

소음, 소리, 풍경은 수많은 시간과 흔적들로 오염되어 있다. 오염은 자연스럽고 아름답고 두려운것. 오염된 시간의 계단 아래서 라스콜니코프가 도끼를 들고 올라오는 소리가 들릴 것 같다. 창문 아래로는 자작나무들이 서 있는 작은 숲이 있고, 숲 사이로 오솔길이 나 있다. 오솔길은 바로크풍의 건물 사이를 지나 돈스카야거리로 연결되어 있다.

한 남자가 오솔길의 자작나무에 등을 기대고 서 있다. 갓 스물을 넘은 듯하다. 청년은 담배를 피우고 있다. 몇 번 이쪽으로 시선을 돌리더니 이윽고 창가의 나를 물끄러미 바라본다. 눈이 마주쳤다는 느낌이 든다. 내면적 유폐와 과대망상 그리고 깊이를 알 수 없는 허망함으로 번들거리는 눈빛. 그런 눈빛을 보았다고, 나는 생각한다. 지금 막 도스토옙스키의 소설 속으로 들어가서 도끼를 품고 센나야 광장을 걸어가도 이상하지 않을 것 같은 표정이라고, 나는 생각한다.

아마도 나는 19세기의 창가에 앉아 있는 모양이다. 나 자신이 재구성한 관습적 이미지의 창가에.

2007. 6. 21.

짧은 저녁잠에서 깨어나자 밤. 밤이다. 하지만 북구의 햇빛이 두꺼운 이중창문에 가득하다. 창밖은 밤인데, 밤이지만, 밤이라서, 밝다. 백야. 환한 밤. 흰 밤. 하얀 밤.

그리고 비가 내린다. 비는 내리다가 그치고 그쳤다가 다시 내리기를 반복하는 중이다. 혼자 놀기를 좋아하는 비인 모양이다. 어쨌든 이런 식이라면 멍하니 밤의 풍경을 바라보거나 스탄다르트 보드카를 조금씩 마실 수밖에.

자정의 창밖은 밤이지만 환하고 환하면서도 희미한, 그런 세계다. 밤이라고도 낮이라고도 할 수 없고, 빛이라고도 어둠이라고도 할 수 없으며, 비가 내린다고도 내리지 않는다고도 할 수 없는 시간.

이것은 아마도 '밤'과 '낮'이라는 언어 바깥에 있는 세계일 것이다. 관습적 언어 너머의 세계에서, 비는 내리고 있다. 저렇게 내리는 비에 가장 가까운 것이 시의 언어일지도 모른다. 만상의 바깥에 처연히 내려 모든 것에 스며드는 그것.

이미 취한 모양이군. 생각이란 얼마나 상투적이고 감상적인가. 나는 중얼거린다. 내리는 비를 맞으러 거리로 나가기로 한다. 자정의 공원은 텅 비어 있을 것이다. 인간의 언어와 무관한 곳에서 빗줄기는 혼자 놀고 있을 것이다.

2007. 6. 22.

오늘은 하루 종일 개처럼 걸어 다녔다. 별다른 목적 없이 돌아다니는 것. 그것이 이 도시에 대한 내 사소한 예의이다.

나의 예의는 대개 넵스키거리의 뒷골목을 목적 없이 헤매는 것으로 채워진다. 벼룩시장. 간이식당. 사냥용 총기를 파는 무기 상점. 잭팟 소리와 담배 연기로 자욱한 도박장. 나는 벼룩시장에서 싸구려 잡지를 사고 간이식당에서 허름한 식사를 하고 무기 상점에 진열된 총기를 만지작거리다가 파친코에서는 약간의 돈을 잃는다.

이 도시에는 초콜릿 박물관이 몇 군데 있다. 그곳에서는 초콜릿으로 만든 혁명가 레닌을 만날 수 있다. 판매용이므로 관광객들은 심지어 달콤한 레닌을 맛볼 수도 있다. 초콜릿으로 만든 레닌. 아니, 레닌으로 만든 초콜릿. 사회주의를 재료로 삼은 팝아트, 혹은 한때 불가침의 숭고한 상징이었던 것의 희극적 반전.

이것은 이곳을 찾는 이들에게 이 도시가 보여주는 가장 솔직한 자화상 가운데 하나이다. 한때 사회주의의 자존심으로 가득했던 도시라는 것이 믿어지지 않는다.

2007. 6. 23.

경찰서에 거주지 등록을 해야 한다. 단기 체류자도 예외가 아니다. 자본주의 러시아는 소비에트 시대의 잔여물을 기묘한 방식으로 이용하고 계승한다.

시내 중심가에 위치한 호텔로 가서 안나를 찾는다. 그녀는 호텔이 아닌 곳에 묵는 나 같은 외국인들에게 돈을 받고 가짜 거주지 등록증을 만들어준다. 안나는 내일 두 시에 다시 오라고 한다. 나는 군말 없이 고개를 끄덕인다.

돌아오는 길에 슈퍼마켓에 들러 먹을거리를 샀다. 낯선 향료가 든 샐러드, 말보로 라이트, 둥근 일본 쌀과 한국 컵라면, 스탄다르트 보드카 등속이다. 비닐봉지를 손에 들고 거리를 걸었다. 비가 내렸다. 이런 날에 도시의 뒷골목을 하릴없이 걷고 있으면 몸과 마음을 무언가가 조금씩 누르는 것 같은 느낌이 든다. 페테르부르크의 운하를 흐르는 강물은 평화롭고 정교회 성당들은 오랜 시간만이·줄 수 있는 온화하고 장엄한 아름다움을 간직하고 있다.

하지만 몸이 조금씩 서늘해지고 심장에서 바람 부는 소리가 들리는 것을 피할 수는 없다. 이것은 감상적인 비유가 아니다. 말 그대로 물리적인, 그런 느낌이다.

2007. 6. 24.

상트페테르부르크 서쪽 연안, 핀란드만이라고 불리는 해변에 갔다. 글이 씌어지지 않았기 때문이다. 글은 씌어지지 않아도 좋았다. 쓰지 않는 시간이 쌓이지 않으면 쓰는 시간이 오지 않는다.

중국 식당에서 혼자 저녁을 먹고 바닷가를 걸었다. 자

정 무렵까지 이어폰에 흐르는 음악을 들으며 해변에 앉아 보드카를 마셨다. 수평선을 오래 바라보았다. 다시 가랑비가 내렸다. 수평선이 점점 흐려졌다. 비를 맞으며 한 시간 반을 걸어 집으로 돌아왔다. 택시를 타고 싶지 않았다. 오늘은 백야의 절정, 말하자면 하지夏至다. 도심의 궁전광장에는 수천 명의 관광객들이 모여 새벽녘까지 축제를 즐기고 있다. 말하자면 이 도시의 절정.

나는 취한 몸으로 낡은 침대에 누워 푸른빛이 새어 나오는 텔레비전을 바라본다. 마침 궁전광장의 축제를 중계하는 중이다. 텔레비전은 허공을 날아가는 발레리나를 비추고 있다. 발레리나는 환상적인 조명을 받으며 비 내리는 광장의 허공을 가로지른다. 발레리나의 몸을 묶고 있는 피아노 줄이 희미하게 보인다. 줄은 완강하다. 나는 발레리나와 피아노 줄의 관계를 생각한다. 자유롭게 날아가는 것들의 몸에 매어져 있는 수많은 피아노 줄을 떠올린다. 내 몸에 매어져 있는 피아노 줄을 떠올린다. 그런 것이 삶이라고 생각하자 쓸데없는 생각이라는 생각이 따라온다. 배가 고프고, 잠이 온다.

2007. 6. 26.

눈을 뜬다. 새벽 5시다. 악몽을 꾸었다. 나는 기이한 크리처에 쫓기고 있었다. 그것이 동물이었는지 괴물이었는지 혹은 사람이었는지는 기억나지 않는다. 꿈속의 이미지들은 언제나 야생의 짐승과 같다. 그것은 포착하려 하면 빠르게 흩어져버린다. 창밖은 여전히 백야. 희미하고 환하다. 여름에 접어들었는데도 두꺼운 코트를 입은 할머니가 새벽의 쓰레기통에서 빈 병을 줍고 있다.

나는 몇 개의 문장을 떠올린다. 문장들은 가만히 내 생각 속에 잠겨 있다. 나는 문득 디지털카메라를 집어 들고 새벽의 창밖과 실내를 찍기 시작했다. 속옷 바람으로 돌아다니며 어두운 집 안을 떠도는 백야의 빛들을 찍었다. 빛과 문장이 만나는 곳에서 하나의 이야기가 희미하게 드러나기 시작했다. 이반 멘슈코프라는 이름이 떠올랐다. 내가 묵고 있는 집의 주인이라고 상상한다.

2007. 6. 29.

잠을 자지 못했다. 비몽사몽이 계속되고 있다. 수면제를 먹고 멍하니 앉아 있다가 한 알을 추가로 삼켰다. 그래도 잠이 오지 않았다. 희미하고 환한 밤은 길었다. 아침이라고 생각하면서 무거운 몸을 일으켰다.

낮에는 리체이느이거리의 헌책방 몇 곳에 들렀다가 국립도서관 푸블리치카에 갔다. 90년대 중반 이 도시에 오래 머물던 시절에, 나는 푸블리치카의 계단참에 있는 낡고 좁은 흡연실을 좋아했다. 그곳에서 담배를 피우고 지하 식당에서 값싼 보르시를 먹었다.

오늘도 나는 그곳에서 담배를 피우고 지하 식당에서 흑

빵과 보르시로 식사를 했다. 몇 권의 책을 복사하고 중세
풍의 열람실에서 책을 읽다가 잠시 졸았다. 잠은 엉뚱한
곳에서 제 마음대로 온다. 꿈이 반복된다고 느껴지자 잠
에서 깨어난다. 주위를 두리번거린다. 여기는 어딘가. 아
니, 여기는 언제인가.

소크라테스는 답을 주는 자가 아니라 질문을 던지는 자
였다. 철학자는 답을 제시하는 자가 아니라 질문을 던지
는 변증술의 담당자였다. 그는 끊임없이 새로운 아포리
아, 즉 출구 없는 질문을 발견하고 그것을 대면하게 만드
는 사람이다. '지혜'에 대한 사랑, 필로소피아는 어쩌면 탁
월한 아포리아를 창안하는 행위인지도 모른다.

하지만 어떤 철학자들은 반대의 방향이 옳다고 말한다.
아포리아가 지혜를 창안하는 것이 아니라, 지혜가 그 자
체로 아포리아를 재구성하는 것이라고. 아포리아는 계기
이자 환각에 불과하다고. 그런 것은 원래 없다고. 저기 보
이는 저 명백한 출구를 열고 나가라고.

나는 알렉산드르 넵스키 수도원으로 향했다. 이 도시
의 메인 스트리트인 넵스키거리를 천천히 걷다가 아무
데나 들어가 끼니를 해결하고 다시 하염없이 걸어가면
나오는 곳. 상업화된 중심가의 끝에서 만나는 고적한 수
도원.

나는 이 수도원을 좋아했다. 십수 년 전, 이 도시에 체
류하던 시절에도 이곳을 자주 찾았다. 혼자 넵스키거리를

헤매다 주위를 둘러보면 문득 이곳이었다. 1994년이었고, 소비에트 연방이 무너지고 러시아로 이름이 바뀐 지 겨우 3년이 지났을 무렵이었다. 사회주의와 자본주의의 사이는 가깝고도 멀었다. 『혁명과 모더니즘』(2005)의 뒷장에 적어 놓은 다음의 문장 역시 그때 씌어진 것이다.

> "……그해 페테르부르크의 겨울은 길고 깊었다. 길고 깊은 것은 겨울이었고, 그 겨울의 도시를 떠돌아다니는 것은 네바강과 운하에서 피어오른 안개들이었다. 65개의 샛강과 100여 개의 섬, 그리고 365개의 바로크풍 다리로 이루어진 그 이상한 도시에서 나는 대체로 갈 곳 없이 헤매는 것으로 긴 겨울을 보내고 있었다."

그 도시의 북구인들은 저 격변의 후유증과 밥벌이의 곤핍으로 거칠고 앙상했으나, 한편으로 그네들의 삶에는 전세기적前世紀的이라고밖에 달리 말할 수 없는 낯선 향기가 스며 있었다. 그것은 혁명과 몰락의 시대를 온몸으로 거쳐 온 이들의 체취이자, 가망 없이 피로한 삶을 문학과 종교에 의탁해온 이들의 향기였다.

적막하고 심심한 날의 내가 그 향기를 찾아 자주 들렀던 곳은, 죽은 성자의 이름으로 살아 있는 인간들을 위무하는 알렉산드르 넵스키 수도원이었다. 그 수도원으로 들어가는 길목에는 이미 이 낭자한 삶의 바깥으로 떠난 자들이 기거하는 두 개의 작은 묘역이 있다. 이곳의 사람들은 도스토옙스키와 차이콥스키 등의 오랜 죽음을 기념하는 그 묘역을 '죽은 자들의 정원'이라고 불렀다. 이곳에서 이승과 이승 바깥은 담장 하나로 나누어져 입장료를 거두지만, 그 담장 하나가 스스로 에두르고 있는 것은 죽음이 아니라 죽음을 추억하는 산 자들의 산책로였다. 그래서 살아 있는 내가 죽은 자들의 묘역을 거닐며 떠올리는 것은 그네들의 생로병사가 아니라, 그 생로병사들이 되비추는 내 마음의 곤궁일 수밖에 없었다.

2007. 7. 3.

눈을 떴는데 비몽사몽간에 브로드스키의 시구를 떠올렸다.

> 최근에 나는
> 환한 낮에 잔다.
> 아마도 나의 죽음이
> 나를 체험하는 것 같다.
>
> —「정물화」부분

삶이란 아마도 죽음이 우리를 체험하는 과정일는지도 모른다. 크루아상으로 아침을 해결하고 밖에 나갔다. 다시 헌책방들을 돌아다녔다. 헌책방은 어느 도시에서건 가장 평화로운 공간 중의 하나다. 나에게 그곳은 지식의 창고가 아니라 어떤 정서의 창고에 가까운 것처럼 느껴진다.

오늘은 프리메이슨에 대한 책을 잔뜩 사들고 돌아왔다. 870루블이나 하는 책도 있었다. 우리 돈으로 대략 3만 원이 넘는다. 하지만 이 책을 읽어도 나는 프리메이슨에 대한 소설은 평생 쓰지 못할 것이다. 그것이 당연하다고 생각한다. 내게는 그들에 대한 지적 정보가 아니라 감각과 정서의 정보가 없기 때문이다. 그렇게 생각하자, 오히려 책이 읽고 싶어졌다.

선량한 표정의 홈리스 노파가 다가왔다. 노파는 이마에서 배꼽으로, 오른쪽 어깨에서 왼쪽 어깨로 성호를 그었다. 그녀는 내 앞에 서서 손을 벌렸다. 나는 자동적으로 '바보 성자holy fool'라는 단어를 떠올렸다. 바보 성자는 물론 바보가 아니다. 그것은 동방교회에 유구한 성자의 이미지이며 중세 성상화의 중요한 모델이기도 했다. 바보 성자는 말이 없거나, 알 수 없는 말을 지껄이며 유랑하는 수도자이다. 그들은 정상적인 언어와 이성의 관점에서 보면 미친 것처럼 보인다. 하지만 바로 그렇기 때문에 바보 성자의 침묵과 난해한 지껄임 안에 진리의 빛이 임한다는 것. 이성적 언어를 잃어버렸기 때문에 가능한 성스러움. 그것이 바보 성자 개념의 함의이다.

이 뿌리 깊은 부정신학적 자세는 인간의 이성과 언어를

불신한다. 그것은 동방과 러시아에 '근대'의 도래를 지연시킨 이유 중 하나이기도 하다. 동방교회와 러시아의 지적 전통에서 철학이나 논리학이 서유럽에 비해 발달하지 못한 이유도 이와 연관이 있을 것이다. 그들은 신의 존재를 '논증'하고자 했던 유럽인들의 철학적 야심과 거리가 멀었다.

오늘날 시詩를 하나의 종교에 비유할 수 있을까? 그렇다면 시는 이 부정신학적 자세에 가까운 언어 형식일는지도 모른다. 이 언어 형식은 근대에 적응하지 못할 것이며 근대의 필요조건도 아닐 테지만, 역설적이게도 바로 이 부적응과 무능을 '급진화'시킨 덕분에 근대의 예술이 되었다고도 할 수 있다.

나는 내가 가진 동전들을 모두 털어 노파의 손바닥에 올려놓았다. 그러나 노파는 손을 거두지 않았다. 노파는 존엄을 팔았으므로 나는 그에 대해 충분한 대가를 지불하는 것이 정당할 것이다. 나는 다시 지갑을 꺼내 몇 장의 지폐를 노파의 손에 올려놓았다. 노파는 예언자의 탁한 시선으로 나를 바라보다가 또 다른 이방인들을 찾아 사라졌다.

2007. 7. 4.

국립도서관 푸블리치카에 들렀다가 돌아오는 길에 넵스키거리를 걸었다. 나는 19세기의 여행자가 되어 21세기의 거리를 오래 걸어 다녔다. 귀에 음악을 꽂고 네바강을 건너 하릴없이 걷다 보니 문득 셰프첸코거리였다. 그곳에는 상트페테르부르크 대학의 대학원 기숙사가 있다.

학생 시절 이곳에서 반 년 정도를 기거한 적이 있다. 신학을 전공하던 룸메이트 안드레이를 만난 곳도 이곳이다. 나는 낡은 기숙사의 좁은 복도와 계단을 떠도는 나무 냄새를 좋아했다. 계단을 내려가는 나의 룸메이트는 정말 19세기에서 불쑥 튀어나온 사내처럼 보였다.

오래전 그의 고향 추바시로의 긴 여행이 떠오른다. 몹시 추웠다는 기억으로 가득한 그 여행은 어떻게 끝이 났던가. 그는 지금 어디서 무엇을 하고 있을까. 신학생 안드레이 이후의 안드레이를 나는 상상할 수 없다. 우리는 다시 만난 적이 없다. 하지만 나는 여전히 늙은 신학생 안드레이의 표정을 '러시아의 표정'으로 기억하고 있다.

핀란드만의 저녁을 산책하고 중국 식당에서 저녁을 먹고 돌아와 보드카를 마셨다. 그리고 잤다. 아무런 생각 없이, 그냥 잤다. 꿈에 안드레이가 나와서 나에게 말을 걸었다. 무어라고 하는지 이해할 수 없었다.

2007. 7. 6.

나는 며칠 후 이곳을 떠날 것이다. 츠베타예바는 이렇게 썼다. *언제 어디서든 떠난다는 것은 하나의 죽음과 같네,* 라고.

그렇다. 떠난다는 것은 하나의 죽음이며 이별과 같다.

내가 다시 이 도시에 온다고 해도 그때 그 도시는 내가 오래 머물렀던 바로 이 도시가 아닐 것이다. 한 철학자의 말대로, 모든 것은 그곳에 있으면서 동시에 그곳에 있지 않다.

나는 이곳에 와서 한 편의 시도 한 편의 소설도 쓰지 못했다. 문장들은 내게로 오지 않았다. 아마도 나는 그것을 미리 알고 있었을 것이다. 나에게 여행은 시가 되지 않고 서사가 되지 않았다. 여행이란 언제나 지나가는 자의 것이며, 지나가는 자가 볼 수 있는 것은 지나가는 자가 보고 싶은 것뿐이다.

하지만 인생에서 그냥 사라지는 것은 없다. 시간은 언제나 오염된 것이며 서로 스며드는 어떤 운동의 이름이다. 아마도 이 여행은 오랜 시간이 지난 후, 내 삶의 어떤 문장 속으로 스며들겠지. 그것을 기대하고 있다.

집을 나오는데 계단이 나무가 아니라 돌로 되어 있는 것을 발견했다. 돌계단은 단단하고 건조하고 고요하다. 그러면 밤새 삐걱거리는 소리는 무엇이었을까. 내 꿈에 스며들었던 그 소리는 어디에서 온 것이었을까. 도끼를 들고 계단참에 서서 물끄러미 나를 바라보던 라스콜니코프는 어디로 사라진 것일까. 나는 어두운 돌계단을 뚜벅뚜벅 걸어 내려왔다.

밖은 여전히 환한 밤, 밤이면서 동시에 낮인, 어떤 기이한 경계이다.

2. 에크리, 또는 메모들

2-1. 산세리프에서 소설 쓰기

✕ 산세리프와 연병장 ✕

머리카락 소설

"프랑스 왕은 대머리다."

누군가 이렇게 말한다면 이건 참일까, 거짓일까?

진위를 판정할 수 없으니 저 문장은 최소한 거짓은 아니다. 프랑스에는 왕이 없기 때문이다. 전제 자체가 헛것인 셈이다. 한 언어철학자는 이걸 '참'도 '거짓'도 아닌 무효인 문장이라고 했다. 처음부터 무효인 문장.

때로는 소설을 쓰는 일도 비슷한 느낌을 준다. 끊임없이 무효인 문장을 생산하는 일. 무효인 인물, 무효인 언어, 무효인 이야기를 만드는 일. 현실을 기준으로 참과 거짓을 확정할 수 없는 세계를 창조하는 일, 혹은 전제 자체가 어긋나 있는 시공간을 헤매는 일.

그런데 왜 쓰는 것일까? 프랑스 왕의 대머리에서 자라는 머리카락 같은 이야기를. 머리카락이 자라서 숲을 이루는 이야기를. 울창한 숲을 헤매는 이야기를. 그 쓸쓸한 이야기를.

산세리프의 건국을 축하합니다

1977년 영국『가디언』은 산세리프의 건국 10주년 특집 기사를 7쪽에 걸쳐 실었다. 기사는 인도양의 작은 섬나라를 세심하고 애정 어린 시선으로 소묘하고 있었다. 산세리프의 바다, 산세리프의 하늘, 산세리프의 거리, 산세리프의 평화로운 주민들. 이날 가디언에는 이 목가적인 나라를 여행하려는 독자들의 문의 전화가 빗발쳤다고 한다.

하지만 산세리프는 존재하지 않는 나라였다.『가디언』의 만우절 조크였기 때문이다. 기사에 나오는 고유명사는 모두 인쇄업자들 사이에 쓰이는 전문 용어를 변용한 것으로 밝혀졌다.

이런 이야기를 들으면, 만우절을 만든 사람이 누구인지는 모르지만 인생이란 걸 아는 사람이라는 느낌이 든다. 산세리프라는 섬은 여전히 수평선 어딘가에 떠 있을 것 같다. 텅 빈 채, 인생이라는 바다 위의 평화로운 공백처럼.

잔혹한 거짓말

세상의 모든 거짓말이 산세리프처럼 로맨틱하고 위트가 있다면 좋겠지만 물론 그렇지는 않다. 내게 인상적이었던 거짓말 중 하나는 잔혹한 농담에 가까운 것이다.

1849년 12월의 어느 날, 젊은 도스토옙스키는 상트페테르부르크의 한 연병장에서 얼굴에 두건을 뒤집어쓴 채 서 있었다. 사형 선고를 받은 죄수들과 함께였다. 그는 총알이 가슴에 박히는 순간을 기다리고 있었다. 푸리에적 공동체주의를 모토로 삼던 반정부 사회주의 그룹에서 문건을 낭독한 죄였다.

총살 직전, 사형수들은 한꺼번에 '구원'된다. 황제의 은사로 사형을 면하게 되었다는 선언문이 낭독된 것이다. 방금까지 죽음을 앞두고 있던 사형수들은 유배형으로 감형된다. 도스토옙스키 역시 목숨을 구한다.

그 순간의 도스토옙스키가 어떤 느낌이었을지는 상상하기 어렵다. 격렬한 안도였을까. 환희였을까. 그도 아니면 이해할 수 없는 배신감이었을까. 아마 그 자신도 온전히 기억을 복원하기는 어려웠을 것 같다. 이미 삶의 감각이 소진되어 죽음에 가까운 상태였을 테니까.

봉건 러시아의 황제 니콜라이 1세는 애초부터 총살형을 집행할 생각이 없었다. 그는 도스토옙스키를 비롯한 지하 서클 멤버들을 놀라게 할 목적으로 일종의 '연극'을 연출한 것이다.

죽음이라는 외부

확실히 니콜라이 1세의 트릭에는 '유머'가 없다. 이 거짓말은 권력자가 자신의 권력을 과시하기 위해 고안해낸 가학적인 퍼포먼스일 뿐이다. 여기에는 사디스트의 쾌감과 정치적인 동시에 병리적인 악취가 느껴진다.

결과는 역설적이었다. 이 잔혹한 거짓말, 혹은 가학적인 농담이 어떤 면에서는 거장 도스토옙스키를 만들었기 때문이다. 그는 죽음에 대한 이 기이한 '체험'을 『백치』(1869)를 비롯한 몇몇 작품에서 언급한다. 도스토옙스키는 일생 동안 죽음에 가장 가까이 갔던 그 순간을 마음에 품고 소설을 썼다. 죽음은 그의 삶 어딘가에 자리 잡았다.

그것은 삶 속에 개입된 어떤 '외부'와도 같았을 것이다. 죽음이라는 외부. 삶 속에 또아리를 틀고 있으나 완강하게 삶으로 통합되지 않는 어떤 것. 삶이 아니면서 삶을 지탱하는 어떤 구멍. 안전해 보이는 삶 속에 치명적으로 잠복해 있는 캄캄한 허구. 도스토옙스키에게 소설 쓰기라는 여행은 거기서부터 시작되었는지도 모른다.

연병장에서 소설 쓰기

가능하다면 산세리프에서 소설을 쓰고 싶었다. 산세리프의 카페에 앉아서, 산세리프의 수평선을 바라보며. 산세리프의 바다와 하늘, 그리고 목가적인 여행자들과 함께.

하지만 대개의 경우 그것은 불가능하다. 대부분의 소설가들은 산세리프가 아니라 도스토옙스키의 연병장에서 소설을 쓴다. 이제 곧 도착할 죽음을 앞에 두고. 죽지 않으리라는 것을 알지만 정말 죽을 것 같은 마음으로.

거기에 소설의 맹점이 있다. 맹점. 소실점. 현실로 무한하게 열린 캄캄한 구멍. 새로운 현실을 조립하는 어두운 허구의 통로. 삶의 연습이면서 동시에 죽음의 연습에 가까운.

╳ 진짜 눈물의 공포 ╳

아직 소설이 아닌 무엇

소설을 쓰는 일 자체보다는, 아직 소설이 아닌 무엇을 떠올리는 일을 나는 더 좋아하는 것 같다. 가령 하루오라는 인물에 대해 쓰는 시간이 아니라, 하루오라는 사람이 머릿속에서 문득 눈을 뜨는 순간을. 눈을 뜬 하루오가 미소를 짓거나 걸어 다니는 순간을. 그러다가 문득 사라져버려서 나를 외롭게 만드는, 그런 순간을.

외로운 순간

무슨 생각을 갖고 소설을 시작했는데, 끝나고 보면 내가 생각하지 않았던 세계가 거기 있다. 무슨 질문을 갖고 소설을 시작했는데, 끝나고 보면 내가 던지지 않았던 질문이 거기 있다.

소설의 몸, 소설의 육체란 그런 것이라고, 그런 것이어야 한다고 생각한다. 쓰는 사람의 생각을 넘어서 있는 것. 소설 속의 시공간과 인물이 스스로 이루어가는 세계. 다시 구성되는 의미들. 발생하는 질문들. 스스로 열리고 닫히는 평행우주.

평행우주의 순간

결국 그런 순간을 위해 쓰는 것인지도 모른다. 인물이 내 머릿속의 캐릭터에서 벗어나 나를 향해 돌아서는 순간을 위해. 인물이 낯선 시선으로 나를 바라보는 순간을 위해.

나는 문득 그에게 묻게 된다. 넌 대체 누구냐.

그러면 이상하다는 표정으로, 글자들 속에 멍하니 서서, 나를 바라보는 사람이 거기 있다.

의아한 표정으로.

전적으로 무능력한 신을 바라보는 얼굴로.

무능력한 신

그러므로 소설가와 인물의 관계는 신과 인간과 같지 않다. 소설가는 신과 달리 전적으로 무능하고 편협하며 가난하다. 그는 석판이니 홍수니 계시니 심판이니 하는 것을 알지 못한다.

게다가 소설가는 자주 당황한다. 인물이 갑자기 고개를 들어 자신을 바라보며 "내게서 이 잔을 거두어달라" "다 이루었다"고 중얼거리는 순간을 맞닥뜨린다면. 그는 다만 놀란 표정으로 눈을 껌뻑거릴 것이다.

지아장커와 스틸 라이프

중국의 영화감독 지아장커는 *다큐멘터리는 그 사람의 생활을 찍지만 다가가면 다가설수록 사람들은 자신의 비밀스러운 부분을 방어하려 합니다. 내가 그의 비밀 안으로 들어가려면 이야기가 필요해집니다,*라고 말한 적이 있다. 실재하는 대상에 카메라를 들이대는 순간 발생하는 '비밀스러운 부분' 때문에, 카메라와 진실 사이에는 불가피하게 장벽이 들어선다. 장벽은 생각보다 완강하고 튼튼하다. 소설·서사·픽션은 그냥 허구가 아니라, 어떤 장벽을 넘어서기 위한 본능적인 장치이다. 픽션의 핵심이 여기에 있다. 실제 상황을 찍는 카메라로는 불가능한, 심층 촬영의 가능성. 삶의 진짜 내부로 들어가기. 무용한 허구의 유용함.

키에슬롭스키의 공포

폴란드 출신의 크시슈토프 키에슬로프스키 역시 다큐멘터리를 찍다가 극영화로 전향한 감독이다. 슬라보이 지제크에 의하면, 키에슬로프스키는 극영화로 전향한 이유에 대해 이렇게 말했다고 한다. *나는 실제의 눈물을 찍는 것이 두렵다. 나에게 그것을 찍을 권리가 없기 때문에.*

말하자면 진짜 눈물을 찍지 않기.

진짜 눈물로부터 카메라를 거두기.

우리에게 그것을 찍을 권리가 없기 때문에.

이것은 확실히 '재현 윤리'의 문제이다. 하지만 포인트는 '윤리'나 '권리'가 아닐지도 모른다. 더 핵심적인 것은 그것이 공포와 두려움을 준다는 데 있다. 슬라보이 지제크는 키에슬로프스키의 말을 단지 인용하는 데서 멈추지 않고, 아예 책의 제목으로 삼아버렸다. 이렇게: *진짜 눈물의 공포.*

✕ 소설의 샛길들 ✕

디그레션

괴테의 『빌헬름 마이스터의 수업시대』(1796)에서 중요한 것은 이 기나긴 성장소설의 전언과 의미가 담긴 유명한 장면들보다는, 오히려 거기서 *빗나가는 것*처럼 보이는 사소하고 무의미한 일상적 디테일들 자체이다…… 프랑코 모레티는 이런 취지의 말을 한 적이 있다. 여기서 '빗나가는 것'은 말하자면 '옆길로 새는 것'인데, 서사학에서는 이걸 '디그레션digression'이라고 부른다. '디그레션', 즉 '옆길로 새는 것'. 그것이 소설의 핵심이고 포인트일 수 있다는 것.

이것은 서사학만의 이야기가 아니다. 실은 우리의 삶과 현실 자체가 그러하다. '옆길로 새는 것' 자체가 우리 삶의 본모습이며 구성 원리일 수 있기 때문이다.

확실히 인생은 소위 '내러티브'와 다르다. 삶은 기승전결의 플롯을 지니지 않는다. 의미와 목적과 대단원을 전제로 인생을 서사화하여 설명하는 것은 우리가 품고 있는 욕망의 구조를 반영하고, 나아가 현실의 논리를 드러낼 뿐이다. 삶 자체는 그것을 훨씬 초과하거나, 또는 그것을 무시한다.

그런 의미에서 내러티브는 살아 있는 것의 존재 방식이 아니다. 우리의 삶은 의미와 목적과 결과와는 무관한 수많은 '디그레션'으로 가득하다. 실은 그 '디그레션'들 자체가 삶이라고 해야 한다. 삶은 삶이 존재하는 구체적 순간들의 평등한 집적이라고도 할 수 있다. 그것을 깨닫지 않으면 현재도 느낄 수 없고, 진짜 삶도 느낄 수 없다. 심지어 삶의 의미와 무의미조차도.

비범하고 기억에 오래 남을 사람들

레이먼드 카버는 체호프의 서간문에서 다음과 같은 문장을 옮겨 적은 적이 있다. 친구여, 비범하고 기억에 오래 남을 사람에 대해서 글을 쓸 필요는 없습니다.

그럴 것이다. 비범하고 기억에 오래 남을 사람에 대해 굳이 소설을 쓸 필요는 없을 것이다. 소설은 위인전이 아니고 영웅담이 아니니까. 소설은 서사시가 아니고 고전 비극이 아니니까.

이것은 전근대의 이야기 장르와 근대의 소설 장르가 갈라지는 분기점이기도 하다.

서사시에서 소설로

영웅이 이끄는 서사시적 세계에서 평범한 사람들이 살아가는 소설적 세계로의 이행.

이것이 현대 민주주의의 기원이며 사회 문화적 발전의 지표라는 것은 자명하다. 영웅을 만들어야 작동하고 누군가를 신화화하지 않으면 안 되는 사회는 확실히 저발전 사회라고 할 만하다. 지금 우리 사회는 어떤가? 우리는 저발전 사회를 벗어난 것일까?

레이먼드 카버의 평범하고 기억나지 않을 인물들

레이먼드 카버가 인용한 위의 편지 구절을, 똑같은 뜻을 가진 다른 문장으로 바꾸어 적을 수 있을 것 같다. 친구여, 평범하고 기억에 오래 남지 않을 사람들에 대해서 글을 쓸 필요가 있습니다, 라고.

비범하고 기억에 오래 남을 사람에 대해 쓸 필요가 없다는 것과, 평범하고 기억에 남지 않는 사람들에 대해 써야 한다는 것은, 의미의 맥락은 유사하지만 뉘앙스가 다르다. 평범하고 기억에 남지 않는 인물에 대해 쓴다는 것. 집요하게 그런 캐릭터만을 그린다는 것.

레이먼드 카버의 매력 중 하나가 거기에 있을지도 모른

다. 그는 독자로 하여금 인물이 아니라 상황만을 기억하
도록 만드는 작가이기 때문에.

3인칭 전지적 시점

많은 이가 3인칭 전지적 서술자에 대해 회의적인 견해
를 표명해왔다. 3인칭 전지적 서술자의 지위를 기각하는
것은 어쩌면 현대소설론의 일반화된 경향인지도 모른다.

가령 가라타니 고진은 인식론적 낙관주의에 기반한 '3인
칭 객관 시점'의 의미가 퇴색한 것을 소위 '근대문학 종언
론'과 연동시킨 바 있다. 심지어 제발트는 화자의 불확실
성을 인정하지 않는 모든 시도는 '사기'라고까지 표현했다.

확실히 오늘날 서술자의 전지적 능력에 배타적 특권을
부여하는 것은 구시대적으로 느껴진다. 그것은 '사실주의
적 묘사'나 '전지적 서술'의 중요성이 시대 변화 및 매체
환경의 변화에 따라 약화되고 있다는 것을 뜻한다.

더 단순화해서 말하자면, 19세기 이래 근대소설의 서술
자들은 대개 '안다고 가정된 주체'의 자리에 자신을 위치
시켰다. 그들은 세계를 '총체적으로' 재현하고자 하는 욕
망을 따라 인물의 내면과 서사의 흐름을 종횡으로 장악할
수 있었다. 그것이 서술자의 전지적 능력에 의지하고 있
었음은 물론이다.

오늘날의 서술자들은 본능적으로 그 지위를 포기하는
것처럼 보인다. 오늘날의 3인칭은 많은 경우 1인칭에 가

까운 3인칭이며, 비유하자면 거의 2.5인칭이나 1.5인칭, 때로는 마이너스 인칭이기까지 하다. 그뿐인가. 3인칭과 1인칭이 불규칙하게 뒤섞이는 소설도 있고, 인간의 목소리가 소거된 무인칭의 소설조차 이제는 낯설지 않다.

우리는 이미 오래 전 도스토옙스키나 카프카의 어떤 소설들에서 이런 종류의 서술자를 맹아적 형태로 보아왔다. 지금은 일반화되었다고도 할 수 있는 소위 '탈근대적' 서술자들을.

세계가 자신을 개방하는 방식

하지만 3인칭 전지적 시점이 그렇게 쉽게 기각될 만한 것일까? 그렇지는 않을 것이다. 3인칭 전지적 서술자의 매력은 새로운 맥락 속에서 늘 새롭게 태어나고 새롭게 구성된다.

지금도 3인칭 전지적 작가 시점을 채용한 소설을 읽거나 쓰다 보면 이런 생각이 든다. 어떻게 이런 것이 가능한 것일까? 작가는 소설 속의 세상을 바라본다, 작가는 이 인물의 내면을 모두 알고 있다, 작가는 이 세계의 운명을 포함한 모든 것을 알고 있다! 대체 어떻게? 이것은 전지적 작가 시점에 대한 순수한 찬탄이다.

나는 이렇게 생각하기로 한다. 전지적 작가 시점이 가능한 것은 작가가 전능하거나 소설 속 세계의 모든 것을 알기 때문이 아니다. 계몽주의의 유산을 따라 인식론적 낙관주의에 익숙하기 때문도 아니다. 오늘날 전지적 작가 시점이 가능한 것은 세계가 작가에게 스스로를 누설하기 때문이다. 작가가 세계를 알고 있는 것이 아니라 세계가 작가에게 자신을 *개방하는 것이다.*

소설을 쓰거나 읽다 보면 확실히 그런 느낌을 받을 때가 있다. 작가가 소설 속의 세계를 이해하는 것이 아니라, 소설 속의 세계가 작가에게 자신을 *개방하고 있다고* 느낄 때가.

이것을 '뒤집힌 리얼리즘'이라고 할 수 있을까. 작가가 리얼리즘적 의식을 가졌기 때문이 아니라, 세계가 리얼리즘적 방식으로 작가에게 열리는 순간을? 작가는 놀라움 속에서 자신에게 개방된 세계로 뚜벅뚜벅 걸어 들어간다. 작가는 그곳에서 새로운 인간들을 조우하고 소설 속의 실제와 대면하고 자신의 생각과 대립하는 세계에 의문을 던지고 그것을 기록한다. 그는 그곳에서 살아가고 그곳에서 싸우고 그곳에서 울고 웃고 슬픔에 잠긴다. 그는 투명하면서도 동시에 명백한 존재로서 소설 속의 세계를 떠돌고 인물들 사이를 통과하고 서사의 흐름에 개입한다.

어느덧 자신을 개방하는 세계를 향해 작가는 순수한 찬탄을 던지게 된다. 3인칭 전지적 시점은 놀랍다. 어떻게 이런 세계가 가능한 것일까?……라고.

╳ 사랑과 소설 ╳

사랑의 소설론

사랑만이 수많은 다양성을 지탱하고 강화시킬 수 있다. 사랑만이 미학적으로 생산적이다. 사랑하는 사람과의 상호관계 속에서만이 다양성의 충만함이 가능한 것이다.

러시아 문학 이론가 미하일 바흐친의 생각이다. 사랑은 다양성으로 충만한 세계를 이루는 힘이라는 것. 독백과 독선과 독재의 세계는 다양성과 상호관계와 사랑을 모른다는 것. 요컨대 '나는 말하고 너는 듣는다' '나는 옳고 너는 그르다'에 기초한 세계는 사랑과 거리가 멀다는 것. 독백과 독선과 독재와 홀로 옳은 세계를 무너뜨리는 것이 곧 사랑의 힘이라는 것. 사랑은 상대를 나의 영역으로 수렴시키고 환원시키고 동질화시키는 것이 아니라, 나를 상대의 영역으로 개방하는 힘이라는 것.

이것은 바흐친이 주창했던 대화적 소설론의 숨은 핵심이다. 말하자면 사랑의 소설론.

분노와 증오의 힘

하지만 사랑만 그럴까? 분노는 어떨까? 증오는? 분노와 증오 역시 나의 영역을 스스로 무너뜨리면서 타자를 향하는 에너지가 아닌가?

바흐친의 '사랑'은 타자를 받아들이고 사랑하는 것만을

뜻하지 않는다. 저 사랑은 분노와 증오까지를 아우르는 사랑에 가깝다. 그에게 사랑과 분노와 증오는 동등한 차원에서 다투고 경쟁한다. 사랑하고 미워하고 아우성치는 것으로서의 삶. 그런 것으로서의 소설.

바흐친이 즐겨 다루었던 도스토옙스키의 소설 역시 그런 의미에서만 '사랑의 소설'일 것이다. 그의 소설은 분노와 증오와 질투와 사랑이 동시에 들끓는, 인간의 것이기 때문이다. 소위 아가페적 사랑은 도스토옙스키의 것이 아니고, 소설의 것도 아니다.

도스토옙스키와 리얼리즘의 승리

도스토옙스키는 보들레르와 같은 해에 태어났다. 둘 다 1821년생이다. 어쩐지 '20세기적' 현대성과 연결되는 보들레르와 달리, 도스토예프스키는 전형적인 '19세기적' 천재로 느껴진다.

아마도 도스토옙스키의 소설들이 몰락해가는 신성神性의 운명을 탐구했기 때문인지도 모르고, 새로운 현대적 징후를 수긍하는 데 인색했기 때문인지도 모른다. 그는 젠더 의식, 인종차별(유대인 비하), 정치적 이데올로기 등 다양한 차원에서 보수주의자였다.

하지만 도스토옙스키의 작품을 읽으면 작가의 보수적 의식을 흔들고 초과하는 수많은 디테일을 만날 수 있다. 말하자면 그는 희대의 문학적 용광로를 창안함으로써 스스로의 보수적 의식을 돌파한 작가라고도 할 수 있다.

언어의 힘으로 자기 자신을 넘어선다는 것. '타자의 말'을 제 안으로 끌어들여 동등한 지위를 부여하고 그것과 사투를 벌인다는 것. 그리하여 '타자의 말'이 궁극적으로 자기 자신의 뒤집힌 이면이었음을 부인하지 않는다는 것.

도스토옙스키에게는 그것이 소설을 쓰는 일이었을 것이다. 그것을 의식적으로가 아니라 본능적으로 수행해냈다는 점이 그의 불행이자 천재성이었는지도 모른다. 이것은 글쓰기가 작가의 정치적 보수성을 넘어서 스스로 나아가는 풍경의 하나라고도 할 수 있을 것이다. 바흐친은 도스토옙스키의 이런 특성에 '다성악적 소설'이라는 별명을 붙여주었지만, 어쩌면 이것은 '세계관에 대한 리얼리즘의 승리'라는 엥겔스적 명제의 더 깊고 유장한 판본인지도 모른다.

다성성을 부정하는 다성성

소설의 다성성polyphony은 이런 목소리도 있고 저런 목소리도 있다는 뜻이 아니다. 목소리들을 차별 없이 나열해야 한다는 뜻도 아니다. 다성성은 다원주의를 중요한 전제로 삼고 있지만 그것에 만족하고 투항함으로써 성취되는 것이 아니다.

다성성은 복선율적인 세계를 그 자체로 승인하면서 동시에 그 무차별적 세계에 자신을 기투함으로써 가능하다.

적어도 다성성은 '너는 너대로 옳고 나는 나대로 옳다'는 식의 상대주의로 환원되지 않는다. 차라리 그것은 너의 옳음과 나의 옳음 사이의 끝나지 않는 투쟁이라고 해야 한다. 나의 코드를 넘어 너의 코드와 충돌하는 지점으로 나아가기. 가라타니 고진은 이것을 마르크스의 표현을 빌려 '목숨을 건 도약'이라고 불렀지만, 문제는 '도약'이 아닌지도 모른다. 작가는 이 세계의 다성성을 승인하면서 동시에 배반하지 않으면 안 된다는 것. 이 이중성이야말로 바흐친이 작가에게 요구하는 핵심 사안인지도 모른다.

하지만 작가에게 이 '동시에'라는 것은 얼마나 힘에 겨운 일인지. 모순적 상황의 수락과 동시에 그것을 넘어서기 위해 자신을 기투하는 일이 가능하기는 한 것인지. 어쩌면 그것은, 가능하다거나 불가능하다는 판단을 넘어서서, 단지 글쓰기라는 실천 속에서만 이루어지는 정신적 지향인지도 모른다. 영원히 도달할 수 없는. 무지개나 신기루와 같은. 하지만 그곳을 향해 나아가야 하는.

혁명과 사랑

철학자 호먀코프는 혁명과 사랑에 관해 이런 문장을 적은 적이 있다. 프랑스 혁명의 이념인 자유, 평등, 박애에는 사랑이 빠져 있다. 자유와 평등과 박애라는 것은 인간을 위한 것일 뿐이다. 여기에는 인간성을 넘어서는 사랑이 결여되어 있다……

그는 '인간적인 사랑을 넘어서는 사랑'을 사유해야 한다고 말한다. 호먀코프의 논평은, '포스트휴먼'(브라이도티)이나 '반려종 선언'(해러웨이)처럼 근대적 인간중심주의를 넘어서라는 주장이 아니다. 그가 강조하는 것은 모종의 '초월적 사랑'이기 때문이다. 그것은 종교적 사랑, 신적 사랑, 말하자면 아가페적 사랑에 가깝다.

호먀코프의 말에 순순히 동의하기는 어렵다. 인간성을 넘어서는 신적 사랑은, 당연하게도 인간 사회의 영역에 속하지 않는다. 그것은 인간 사회의 정치나 사회 구성 원리의 영역이 아니다.

신적 사랑 또는 초월적 사랑을 상상하고 지향하는 것은 자유지만, 그것을 근대적 현실의 구조 원리에 실제로 적용하는 것은 별개의 문제이다. 프랑스혁명은 호먀코프적 의미의 '사랑'을 거부하고 그것에 헌신하지 않기 위하여 시작된 것이기 때문이다. 민주주의는 그 초월적 사랑이 부재한 자리에서만 가능하기 때문에, 우리는 그것을 '모더니티'의 핵심으로 승인하는 것이다.

하지만

하지만 어쩔 수 없이 이렇게 중얼거릴 때가 있다. 글쓰기에서라면 어떤가? 소설에서라면 어떤가? 인간성을 넘어선 사랑 또는 초월적 사랑에 대한 희구는 거부되어야 하는가?

나는 힘없이 고개를 끄덕인다. 글쓰기에서도 역시 그러해야 한다고. 소설은 더더구나.

╳ 소설과 소설가 ╳

삶

삶은 사실 무엇으로도 승화되지 않는다. 그것 자체이기 때문이다. 삶은 어떤 종류의 아이러니도 모른다. 그것 자체이기 때문이다.

삶은 불가피하게 그 직접성으로만 존재한다. 시적 승화도 불가능하고 소설적 아이러니도 불필요한 지점, 그곳이 삶의 현장이다.

당사자

'당사자'가 되면, 우리는 더 이상 온화한 중재자인 척할 수 없고 객관적 거리를 확보한 관찰자일 수 없다. 당사자가 된다는 것은 그런 것이다. 아무리 작고 사소한 일이라 하더라도, 우리의 무언가를 걸게 만드는 것.

당파성과 진영

'당사자성'과 '당파성'과 '진영'의 내부로 깊이 들어가면 사태에 대한 객관화가 어려워진다. '당사자성'과 '당파성'

과 '진영'을 포기하면 상대적으로 냉정한 객관화가 가능해진다. 그런데 이 객관화가 '진실'에 가까운 것일까? 뜨거움이 휘발된 이 건조하고 차가운 제3자의 시선이? 중요한 것은 이 질문이다.

소수성과 당사자성

들뢰즈가 쓴 카프카론의 핵심은 작가의 소수성minority이 작가 개인의 글쓰기를 곧바로, 자연스럽게, 자동적으로(!), 공공의 정치적 영역으로 끌어올리는 동력이 된다는 데 있다.

이 지점에서 들뢰즈의 '소수성'은 '당사자성'과 밀접한 관계를 맺는다. '소수성'과 '당사자성'은 그 자체로 공공의 사회정치적 맥락을 전제로 한 어휘이기 때문이다.

들뢰즈의 관점은 유대인 카프카에게 덧씌워져 있던 신학과 알레고리의 프레임을 개방하여 그에 대한 미학적, 정치적 해석의 가능성을 다른 차원으로 열어놓는다.

소설가와 당사자성

소설을 쓰면서 '당사자성'의 문제에 직면하지 않을 수는 없다. 내가 이런 화자로 소설을 쓸 수 있을까? 내가 이런 인물에 초점을 맞출 자격이 있을까? 가령 헤테로 중년 남성인 내가 소설에 레즈비언을 인물로 등장시키는 것은 어느 수준까지 가능한가? 소설가가 자신의 성별과 연령과 직업과 계급과 국적이 다른 인물의 행동이나 내면으로 들어간다고 할 때, 그에게 허용된 미학적 윤리적 정당성은 어디까지인가?

이것은 정치적 올바름을 비롯한 재현 윤리의 영역인가? 취재와 현장 체험 같은 작가적 성실성의 영역인가? 공감과 연대 같은 정치적 감성의 영역인가? 그도 아니면 메소드 연기나 빙의의 영역인가? 차라리 미학적 완성도의 영역은 아닌가?

쉽다면 쉽고 어렵다면 어려운 이 질문들은 소설을 쓰는 사람에게는 대개 피해갈 수 없는 난관이자 출구 없는 질문이다. 소설가는 자신의 이야기만 하는 사람이 아니다. 자신의 이야기, 자신의 주장을 위해서는 에세이나 칼럼을 쓰는 쪽이 효과적이다. 소설가는 오히려 '자신이 아닌 존재들'을 향해 나아가는 사람이라고 해야 한다. 심지어 자신의 이야기를 할 때조차도 그에 연루된 사람들을 피해갈 수 없다. 정도의 차이가 있을 뿐, 어떤 종류의 인물을 선택하더라도 위의 질문들은 면제되지 않는다.

사실 이것은 '논리적으로' 해결 가능한 질문이 아니다. 차라리 해결되지 않고 반복됨으로써 유의미한 질문이라고도 할 수 있다. 새로운 작품을 시작할 때마다, 새로운 사건과 시공간 속으로 들어갈 때마다, 새로운 인물과 새로운 화자를 만날 때마다, 쓰는 이가 반복적으로 대면해야 하는 치명적 질문이라는 것.

이렇게도 말할 수 있다. 이 질문에 대한 대답은 하나라고. 케이스 바이 케이스. 작품마다 소재마다 이야기마다 다르다고. 맥락과 레벨과 각도와 위치에 따라 답이 달라진다고. 질문의 중요도가 달라진다고.

나 자신의 이야기

오토 픽션의 경우는 어떨까? 1인칭 화자를 채용한 자기 자신의 이야기라면? 페터 한트케는 글쓰기에 관한 한 '자기 자신에 대한 이야기' 외에는 관심이 없다고 적었다.

한트케에게 글쓰기란 자신의 삶을 드러내는 직접적이고도 유력한 통로였을 것이다. 『소망 없는 불행』(1972)이나 『페널티킥 앞에 선 골키퍼의 불안』(1970) 같은 책을 읽으면, 그에게 자기 자신의 이야기를 쓰는 것이 글쓰기의 가장 중요한 동력이라는 점을 어렵지 않게 수긍할 수 있다. 물론 그가 파시스트 범죄자 밀로셰비치의 장례식에서 읊은 추도사까지 그렇다고 말할 수는 없겠지만.

한트케뿐이 아니다. 부코스키, 샐린저, 케루악부터 다자이 오사무나 미시마 유키오에 이르기까지, 수많은 탁월한 작가들의 글쓰기가 '자기 자신의 이야기'에서 시작되었다는 것을 우리는 알고 있다. 맥락은 조금씩 다르지만, 여기에 '사소설'이라는 명칭이 붙은 것은 20세기 초였고, '오토 픽션'이라는 명칭이 붙은 것은 20세기 후반이었다.

물론 다른 종류의 기질을 가진 작가들도 있다. 아니 에

르노처럼 '자신이 겪은 일이 아니면 쓰지 않는' 작가가 있는 반면, 어떤 작가는 지금 쓰고 있는 것이 자기 자신의 이야기라고 느껴지는 순간 본능적으로 쓰기를 중지한다. 소설 속에 자기 자신이 그대로 투영되었다고 느끼면, 알 수 없는 이질감과 불편함, 민망함과 부끄러움 때문에 소설이 더 이상 진행되지 않는 것이다.

나 자신이 아닌 것

내가 소설을 쓰기 시작한 이유는 나 자신이나 내 인생사에 대한 관심 때문이 아니다. 나는 나 자신이 그리 궁금하지 않다. 소설가로서 나는 그것을 불행이라고 생각하지 않는다.

사시

시는 어떨까?

사소설私小說에 빗대어 사시私詩라는 것이 가능할까?

아니, 시는 원래 다 사시인가?

그럴 리가.

시나 소설의 내용을 작가의 실제 삶과 직접 결부시키는 이를 만나면 늘 당황스럽다. 이것은 소위 '진정성'과는 다른 맥락의 이야기이다. '진정성'은 삶의 직접적 단선적 반영과는 관계가 없다. 그것은 다층적인 방식으로 글쓰기에 스며든다.

스타일의 변화

소설이야 이런 소설도 있고 저런 소설도 있는 법이지만, 아니, 세상에는 소설가의 수만큼 다양하고 이질적인 소설들이 있어야 하겠지만, 당연하게도 한 사람의 소설가가 취할 수 있는 스타일은 그리 다양하지 않다. 스타일은 쓰는 자의 삶과 몸의 감각, 사유, 정신이 집약된 것이다. 그러니 차원 이동이 의외로 쉽지 않고 변신이나 변화도 생각보다 용이하지 않다.

특별한 경우가 아니라면, 창작자가 스타일의 변화, 변신, 변경을 해내는 것은 일생에 한두 번 정도에 불과하다. 그 한두 번조차도 오랜 시간이 쌓이고 작가로서의 고투가 집적되어야 가능하겠지만.

자신의 소설에 대해 말한다는 것

작가 자신이 자기 작품에 대해 언급하는 것을 절대 믿어서는 안 된다. 그렇게 말한 것은 벤야민이었다. 가령 에밀 졸라의 장편 『테레즈 라캥』(1867)은 에밀 졸라 자신의 '실험소설론'에 부합하지 않는다는 것.

나는 소설과 소설론의 불일치에 대한 벤야민의 지적에서 한 발 더 나아가, 이를 일종의 '당위'로 해석해야 한다고 생각한다. 말하자면 한 작가의 소설과 그의 소설론은 궁극적으로 불일치*해야* 한다고 말이다.

소설은 작가의 소설론을 그대로 반영하지 않는다. 언제나 그것을 초과하거나 결여한다. 소설은 어느 지점에서든 작가의 사유와 생각을 초과하거나 결여함으로써 불일치를 생산한다. 그 불일치의 영역이 삶의 기미이며 리얼리티의 힘이며 소설의 생명력이라고도 할 수 있다. 심지어 '관념 소설'에서조차 그렇다고 나는 생각한다. 소설가의 의식적 지향이 아니라 몸과 삶의 감각이 건져낸 진실들. 고유함들.

소송과 심판

카프카의 『소송*Der Prowess*』은 한때 '심판'으로 번역되기도 했는데, 소송과 심판 사이의 이중적 긴장이야말로 소설의 동력인지도 모른다.

작가는 이 세계에 대해 '소송'을 건다. 하지만 '심판'은 그의 몫이 아니다. 소설은 소송과 심판 사이를 영원히 배회하는 중이다.

✕ 늙은 세계에서 소설 쓰기 ✕

늙은 세계

세계는 늙었다Mundus senescit.

5세기 게르만족의 이동이 끝난 뒤 유럽 대륙에 유행했던 말이라고 한다. 1500년 전에도 이미 세계는 늙어가고 있었던 것이다. 갓 태어났는데도 이미 쭈글쭈글한 얼굴.

그 후로도 오랫동안, 세계는 늙어 있는 상태를 지속해왔다. 늙은 세계는 기나긴 중세를 거친 뒤 근대라는 새롭고 강퍅한 몸을 창안하여 생명을 연장해왔다. 오늘날 그 생명의 끝에 있는 것은 여전히, 늙은 세계 자신이다.

이야기는 늙었다

오늘의 세계가 늙은 것처럼 오늘의 이야기도 늙었다. 갓 태어났는데도 이미 쭈글쭈글한 얼굴. 이야기는 처음부터 늙은 채로 태어난 것인지도 모른다. 가령 내가 소설을 썼는데 이미 늙은 소설이었다. 그 노인의 얼굴을 견디는 것, 그것이 오늘날 작가의 일인지도, 혹시 모른다.

이야기는 늙지 않았다

하지만 정말 이야기는 늙은 채로 태어나는 것일까? 하늘 아래 새로운 것이 없기 때문에?

그렇지는 않을 것이다. 과거의 작품을 토씨 하나 바꾸지 않고 그대로 옮겨 적어도 그것은 이미 과거의 그 작품이 아니다……라는 유명한 보르헤스적 우화 얘기가 아니다.

인간과 세계는 과거와 유사하지만 동시에 늘 새로워지고 있다. 하루하루 새로워지고 있다. 어제와 완전히 동일

한 오늘, 오늘과 완전히 동일한 내일이 없다는 것을 우리
는 직관적으로 알고 있다. 이야기도 그렇다. 과거의 이야
기를 반복한다 해도 삶과 세계의 새로움은 반드시 이야기
에 스며든다. 이야기는 이야기 자체가 아니라 리얼리티의
힘에 의해 늘 새롭게 태어난다. 문학의 새로움은 전위적
의지에서 시작되지 않는다. 그것은 삶과 세계의 항구적인
새로움에서 온다.

소설은 주변부에서

알려져 있다시피, 소설은 기본적으로 주변부 문화에서
시작되었다. 중심과 주변, 헤게모니와 소수성, 남성과 여
성, 지배계급과 피지배계급 등의 대립항 가운데, 근대소
설이라는 장르는 주로 후자로부터 발원되었다.

소설의 역사에 관한 수많은 연구들은 기본적으로 소설
이 주변부와 피지배계급의 삶에서 발원되었다는 것을 객
관적으로 보여준다. 가령 『구술문화와 문자문화Orality and
Literacy』(1982)에서 월터 J. 옹은 소설의 역사가 남성의 목
소리가 아니라 여성의 목소리에 기원을 두고 있음을 지적
하고 있다. 유럽에서 여성이 '학교'에 다니기 시작한 것은
17세기 이후인데, 여성들의 학교는 남성들의 학교와는 달
랐다고 한다. 남성들의 학교는 라틴어를 기반으로 삼고
있었으며, 연설을 위한 수사학 교실이었으며, 궁극적으
로 성직자, 법률가, 의사, 외교관 등 관리직 양성을 목표

로 하고 있었다. 이에 반해서 여성들의 학교는 일상어 학교vernacular school였다. 그네들은 남성과는 '다른 목소리'를 연마했다. 이를 통해 여성들은 일상적이고 현실적이고 구체적인 언어를 지니게 된다. 이것이야말로 소설의 발생지였다. 이후 여성들은 스스로 단행본의 저자가 됨으로써 소설의 발생에 큰 역할을 하게 된다. 그게 월터 J. 옹의 생각이다.

소설이라는 매혹의 영토

밀란 쿤데라는 소설의 지혜로움에 대해 이렇게 말한 적이 있다. 아무도 진실을 소유하지 않지만 모두가 이해받을 권리가 있는, 매혹적인 상상력의 영토.

아무도 진실을 소유할 수 없지만, 동시에 모두가 이해받을 권리가 있다는 것. 누구든 이해받을 권리가 있는 존재로 대한다는 것. 그것이 소설가의 자세.

이런 생각은 매력적이지만 동시에 위험하기도 하다. 살인자도 파시스트도 차별주의자도 이해받을 권리가 있다고 하면 어떤가?

어쩌면 답은 간단할지도 모른다. 그냥 고개를 끄덕이면 되는 것이다. 살인자도 파시스트도 차별주의자도 이해받을 '권리'가 있다고. 작가에게는 그들의 어둠을 이해해야 할 '의무'가 있다고. 이해하는 것과 옹호하는 것을 구분한다는 전제하에서.

소설을 쓴다는 것은 자발적으로 그 어둠 속으로 들어가는 일인지도 모른다. 그 어둠이야말로 소설이 시작되는 치명적인 지점일지도.

폴린

> 그녀는 장차 어떻게 될까요? 내가 물었다. 누구 말이죠? 그가 말했다. 폴린, 내가 말했다. 늙겠죠, 굳게 확신하며, 그가 말했다,[*]

그렇다. 폴린은 늙을 것이다.
소설을 쓰는 일이 그런 것이라고 생각한다.
폴린과 함께 늙어가는 것.

✕ 서사의 운명 ✕

이분법

서사에 대한 긍정과 부정을 보수 미학과 전위 미학의 이분법에 대입하는 것은 여러모로 곤란하다. 서사가 중요하고 총체성이 중요하다는 생각이 19세기적이라면, 서사를

---

[*]   사무엘 베케트, 「진정제」, 『첫사랑』, 전승화 옮김, 문학과지성사, 2020, p. 98.

파괴하면(또는 파괴해야) 새로운 미학이 탄생한다는 '전위적' 생각은 20세기적이다. 오래된 생각이라는 뜻이다.

서사: 외부의 창안

19세기적 관점에서 보면, 서사를 창안한다는 것은 단순히 이야기의 전개를 짜고 구성의 완결성을 추구한다는 뜻만이 아니다. 사회적 총체성을 담보하고 대중적 호소력을 높인다는 뜻만도 아니다.

서사를 창안한다는 것은 자아와 내면 바깥에 외부 세계의 논리를 구축한다는 것을 의미한다. 작가는 인물과 외부 상황과의 관계 속에서 세계의 운명을 재구성한다. 작가는 외부 세계의 고유한 필연성을 구조화하고 이를 통해 세계의 운동 논리와 대면하는 것이다.

요컨대 서사는 작가의 (무)의식과 객관적 세계의 운동 논리가 부딪히는 장소가 된다. 리얼리즘 소설이 대개 서사를 중시하는 데는 이유가 있는 셈이다.

아리스토텔레스는 21세기

하지만 오늘날 서사의 운명은 어떤가? 발단-전개-절정-대단원……으로 이루어져 카타르시스를 제공하는 아리스토텔레스적 서사 원리는 21세기 대중문화를 장악하고 있다. 이러한 플롯 개념은 이미 대중문화의 키워드로 이양되어 '스토리텔링'이라는 용어로 변환된 지 오래이다.

심지어 '카타르시스' 같은 수용미학적 용어까지 포함해서 말이다.

사건

이미 알려져 있는 질문을 답습하는 것, 알려져 있는 답안을 반복하는 것.

알랭 바디우의 생각을 따르자면, 이런 반복에서는 '사건'이 발생하지 않는다. 바디우적 의미의 사건은 그 자체로 이미 창조적이다. 기존의 공통 지평과 공통 감각을 와해하고 '다른 것'을 도래시키는 것이 바로 사건이기 때문이다. 이 경우 '진리'는 어딘가에 정태적으로 존재하는 것이 아니라 사건의 형태로만, 또는 사건을 통해서만 발생한다.

반대로 스토리텔링 코드에서는 사건이 대개 공통 감각의 경계 내에서 움직인다. 독자의 기대를 적절한 수준에서 충족시키지 않으면 안 되기 때문이다. 우리가 히어로물을 보는 이유는 '새로운' 영웅 서사를 기대하면서 동시에 익숙한 권선징악 코드를 향유하기 위해서이다.

✕ 동무여 이제 나는 바로 보마 ✕

가까이서 보면 비극 멀리서 보면 희극

'인생은 가까이서 보면 비극이지만 멀리서 보면 희극'이라는 말은 알려진 대로 채플린의 것이다. 이 문장의 원문을 직역하면, '클로즈업으로 삶을 찍으면 비극이지만, 롱숏으로 찍으면 희극'이 된다.

소설에 대해서도 그렇게 말할 수 있다. 클로즈업으로 인물에 감정이입을 하면 비극의 요소가 강해지고, 롱숏으로 거리를 두면 희극의 요소가 강해진다고.

당연하게도 삶이 그 자체로 비극이거나 희극인 것은 아니다. 삶은 차라리 비극과 희극 사이에서, 희비극적 어긋남 속에서 흘러간다. 시선이 바뀌면 희극과 비극이 교차하고 각도가 바뀌면 희극과 비극이 뒤바뀐다.

1인칭을 넘어서

인간은 어떤 경우에도 1인칭을 벗어날 수 없지만, 동시에 무수한 1인칭들의 교차와 충돌과 이합집산에서도 벗어날 수 없다. 온전히 종합되지 않는 무한한 1인칭들의 세계. 그것이 세계의 본모습이다.

이것은 상대주의가 아니다. 상대주의는 '너는 너고 나는 나'라는 관점이다. 상대주의나 톨레랑스(관용) 개념에는 너의 벡터와 나의 벡터가 만나는 지점이 없다.

소설은 다르다. 소설 내부의 벡터들은 끊임없이 만나고 충돌하고 사랑하고 파산하고 부활한다. 소설은 자신도 모르게 다른 가치를 도입하고 다른 세계의 인간을 소환하며 다른 종류의 사랑을 수립한다. 그렇게 하지 않으면 소설이 성립되지 않는다. 소설은 상대주의의 무한 루프에 빠지지 않기 위해 안간힘을 다한다.

교차점

소설을 쓰다 보면 1인칭 서술이 시선들의 교차점에 위치하는 것처럼 느껴지는 순간이 있다. 이질적인 시선들이 하나의 지점에서 교차한다기보다는, 교차점이 스스로 시선들의 충돌을 창안하는 것처럼 느껴지기도 한다.

어느 순간 인물이나 화자는 자신도 모르게 이 교차점에 위치해 있는 자신을 발견한다. 그는 고개를 들어 작가를 물끄러미 바라본다. 그 순간이야말로 작가가 '타자'를 대면하는 순간인지도 모른다.

소설의 진실

이 경우 소설의 진실은 발언되고 선언되는 것이 아니라, 이질적 시선들 사이에서 마치 에피파니처럼 자신을 힐끗, 보여주는 것에 가까운 것 같다. 이제 진실은 올바르거나 감동적이거나 잠언적인 문장으로 재현되지 않으며 대표되지도 않는다. 진실은 언제나 1인칭이나 3인칭으로 씌어진 문장 너머에서, 바깥에서, 심연에서, 건조하고 잔인하며 아름다운 방식으로, 우리를 습격한다.

겹눈과 아이러니

철학자들이 '트랜스크리틱' 혹은 '시차적 관점'이라고 부르는 것은 단지 대상을 바라볼 때의 이중적 간극과 그 종합을 의미하는 것이 아니다. 그것은 '진실'에 접근해가는 본능적이며 중층적이며 실천적인 *어긋남*의 창안에 가깝다. 이것을 몸과 영혼의 겹눈이라고 부를 수 있을까?

아이러니는 거리감과 이질성의 창출에서 멈추지만, 소설의 겹눈은 사랑과 증오, 연대와 고립 그리고 삶과 죽음이 뒤섞이고 경쟁하고 투쟁하는 지점까지 나아가려 한다. 그곳에 있는 것이 혼돈과 어둠과 고독뿐일지라도.

초점

> 그렇게 뒤섞이고 경쟁하고 투쟁하는 지점까지
> 나아가서, 작가는 중얼거린다. "동무여, 이제
> 나는 바로 보마".*

흔들리는 대상과 세계 속에서 그는 '초점'을 맞추려 한다. 초점을 맞추지 않으면 그가 사랑하고 증오하고 그리워하는 대상을 바라볼 수 없고, 그려낼 수 없고, 호명할 수 없다. 그것은 난시와 근시 속에서도 초점을 맞추기 위해 애쓰는 일이다. 결국 초점을 맞추는 데 실패하더라도 슬퍼하지 않는 일이다. 초점이 맞는 순간, 초점이 맞기 때문에 또 버려지는 진실들을 생각하는 일이다. 그곳으로부터 다시 시작하는 무한반복의 일이라고도 할 수 있다.

오르페우스의 반복

그리스신화 속의 오르페우스는 사랑하는 아내 에우리디케를 두 번 잃는다. 한번은 독사에 발목을 물린 에우리디케의 죽음 때문에. 다른 한번은 지하 세계에서 그녀를 데리고 나오다가 하데스와의 약속을 어기고 뒤를 돌아보았기 때문에.

이 유명한 이야기는 나에게 소설 쓰는 밤을 생각하게 만든다. 사랑하는 이를 잃는 첫번째 상실은 소설이 시작되는 곳이다. 어떤 상실과 결핍 그리고 그리움의 시간이 시작되는 곳.

상실과 결핍 그리고 그리움을 채우기 위해 작가는 이야기를 시작한다. 하지만 그것은 출발점일 뿐이다. 이제 그는 자신을 영계靈界로 몰아넣지 않으면 안 된다. 스스로 지하 세계로 들어가지 않으면 안 된다. 그렇게 하지 않으면 아무도 만날 수 없기 때문에. 그는 모든 것이 멈추고 취소되고 무화되는 세계로 들어간다. 낯선 존재들이 꿈틀대는 세계로 스스로를 몰아넣는다. 그렇게 하지 않으면 이야기가 시작되지 않는다.

* 김수영, 『공자의 생활난』, 북코리아, 2016.

두번째 죽음은 소설이 끝나는 지점인지도 모른다. 그는 지상으로 나왔다고 생각한다. 그래서 뒤를 돌아본다. 사랑하는 이를 바라보기 위해서. 원했던 것을 확인하기 위해서. 내가 쓴 것이 무엇이었는지를 확인하기 위해서.

하지만 뒤따라오던 그이는 아직 어둠 속에서 빠져나오지 못한 채이다. 우매한 작가는 뒤를 돌아보았기 때문에, 사랑하는 이를 잃는다. 뒤를 돌아보았기 때문에, 사랑하는 이는 그의 눈앞에서 다시 사라진다. 이미 잃었던 사랑을, 인간의 진실을, 세계의 본모습을, 자신이 쓰고자 했던 그것을, 다시 잃는다.

나는 무엇을 한 것인가? 무엇을 쓴 것인가? 그이의 얼굴을 보았다고 생각했으나 그것은 다시 어둠 속으로 사라져버렸다. 다시는 되찾을 수 없을 것 같은 느낌, 다음 소설을 시작할 수 없을 것 같은 허망한 기분에 빠지는 건 그 무렵이다.

그는 가만히 중얼거린다. 다시 믿어볼 수밖에. 다시 기다릴 수밖에. 다시 걸어 들어갈 수밖에. 그 어둠 속으로. 두 번의 상실을 또 반복한다 하더라도. 이번에도 유혹을 참지 못하고 뒤돌아보겠지. 모래처럼 흩어지는 얼굴을 온전히 기억해낼 수 없을 거야. 하지만 내 앞에서 사라져가는 에우리디케의 얼굴은 나를 매혹시킬 것이다. 차갑고 냉정한 밤의 대기 속에서.

다음 소설을 위하여

출판사에 원고를 보내고 나면 책상 위에 고개를 숙인 채 나직하게 중얼거린다. 아, 이번 물건은 실패야. 다음번에는 잘해볼게요……라고. 거의 예외 없이. 매번. 그렇게 중얼거리게 된다. 마치, 이번 생은 실패야, 다음 생은 잘해보자. 그렇게 중얼거리는 노인처럼.

물론 다음 생 같은 게 있을 리 없다. 모든 삶은 일회성이다. 삶의 이후는, 그냥 없는 것이다. 누구나 그것을 알고 있다.

하지만 다음 생과 달리 다음 소설은 가능하다. 어떻게 해서든 다시 한 편의 소설을 살아볼 수는 있을 것이다. 다시 시작할 수는 있을 것이다. 내 머릿속에서 문득 누군가 눈을 뜨고 누군가 걸어 다니고 누군가 사라져버리는 세계를, 말하자면 매번의 사랑과 적의와 이별을, 또 사라질 에우리디케를, 다시 겪어볼 수는 있을 것이다.

2-2. 그러나 그럼에도 불구하고 그렇게 시 쓰기

╳ 국제어두운밤하늘협회 ╳

죽음의 선고

> "이미 죽음을 본 적이 있어요?"—"죽은 사람
> 들을 보았지요, 아가씨."—"아니, 죽음 말이에
> 요!"*

블랑쇼의 『죽음의 선고』에 나오는 위의 대화를 소리 내
어 읽어본다. 마치 부조리극의 한 장면 같다. 나는 웃는다.
웃음이 멈추자, 이 대화를 '부조리'로 받아들이지 않는
지점에서 시가 발생할지도 모른다는 생각이 들었다. 말하
자면 시는 저 대화 속에 나오는 '죽음'과 '죽은 사람들' 사
이에서 발생한다는 것. '죽은 사람'에게서 '죽음'을 발견해
낸다는 것. '죽음'에게서 '죽은 사람'을 발견해낸다는 것.

---

*   모리스 블랑쇼, 『죽음의 선고』, 고재정 옮김, 그린비, 2011, p. 29.

말하자면 '죽음'과 '죽은 사람'을 완강하게 연결하는 힘. 그
둘을 구분하지 않으려는 힘. 그 둘을 더불어 감싸 안으려
는 힘. 그런 것으로서의 시.

전쟁터의 시인

> "인생은 커다란 전쟁터이고, 소설가는 말하자
> 면 종군기자이다."**

시마자키 도손의 이 문장에 소설가 대신 시인을 넣는다
면 어떨까? 인생이 커다란 전쟁터라면, 시인은 어디서 무
엇을 하고 있을까?

전방에서 정말 총질을 하고 있을까? 그렇다면 그는 애
초에 시인일 수 없을 것이다.

군악대에서 악기를 연주하며 장병들을 위문할까? 영혼
없는 시인이라면 아마도.

인생이 커다란 전쟁터라면, 시인이란 이런 사람인지도
모른다. '인생이 커다란 전쟁터'라는 바로 그 은유를 파괴
하는 사람. 삶을 구성하는 전제들 자체와 싸우는 것이 그
의 일이므로.

** 시마자키 도손, 『파계』, 노영희 옮김, 제이앤씨, 2004.

불을 끄고 별을 켜자

이것은 IDA(국제어두운밤하늘협회, International Dark-sky Association)의 슬로건이다. IDA는 1988년에 설립된 이후 2011년 현재 70개국 5천여 명의 회원들이 활동하고 있는 비영리 단체이다.

불을 끄고 별을 켜자. 이 문장의 '별'은 밤하늘에서 빛나는 낭만적 세계의 표상이 아니다. '별'은 자연 회귀나 반문명의 상징도 아니다. 그것은 실제의 하늘에서 빛나는 현실적인 천문 현상의 하나이다. IDA는 도시의 빛보다 밤하늘의 어둠을, 조명의 풍요보다 조명의 빈곤을, 궁극적으로 어둠의 활용을 지향한다.

시인이 된다는 것은 아마 자신도 모르게 IDA의 회원이 되는 일인지도 모른다. IDA 내부의 이견과 권력 투쟁과 자금 조달도 만만치는 않겠지만.

제프 버클리의 언어와 목소리

1997년에 자살한 가수 제프 버클리는 다음과 같이 말한 적이 있다. *언어는 아름답지만 한계를 갖고 있습니다. 언어란 아주 남성적이에요. 너무 구조화돼 있죠. 하지만 목소리란 심연에서 온 것입니다. 아무것도 상징하지 않는 어둠이죠. 자신의 내부에서 나와 그 자체로 표현되고 존재하는 것입니다.* 그의 말마따나, 언어는 구조화되어 있다. 그것은 "아무것도 상징하지 않는 어둠"에서 흘러나오는 것이 아니다. 언어는 의미로 과포화된 빛들의 좌충우돌 속에서 발생한다. 목소리는 다르다. 그것은 그 자체로 물질이다.

시는 어쩌면 이 물질 자체, 의미 이전에 존재하는 물질로부터 시작되어야 하는지도 모른다. 시인은 그 물질의 어둠을 생각하고, 그 어둠의 그림자를 느끼고, 그 그림자의 내부로 걸어 들어가서, 천천히, 말하는 사람에 가까운지도 모른다. 그는 심연에서 온 언어를 이해하는 사람이다.

급진적 무의미

의미의 이면을 다루지 못하는 사람, 의미와 무의미의 '사이'를 다루지 못하는 사람, 의미의 어둠을 다루지 못하는 사람이 좋은 시인이 되기는 쉽지 않다. 밤하늘을 다루지 못하는 사람이 좋은 시인이 되기 어려운 것과 같은 이유로.

영원과 거리 두기

하지만 영원과 무한에 정신을 헌납하는 것은 얼마나 쉬운 일인가? 기억할 것. 압생트를 마신 낭만주의-상징주의자들의 탁자에서 밤하늘의 진실을 깨달았다고 착각하지는 말아야 한다.

✕ 길과 우물과 밤하늘과 시 ✕

다양한 시

누군가에게 시는 생활 풍경의 시적 반영일 수 있고, 누군가에게는 감정과 영혼의 직접적 토로일 수 있다. 또 다른 누군가에게는 세계를 낯설게 바라보는 방식일 수 있고, 다른 누군가에게는 언어 실험실이나 극화된 무대일 수 있다. 다양한 회화의 스타일이 미술사를 이루고 다양한 장르가 음악에서 흥망을 거듭하듯이, 시나 소설의 스타일이 다양해지고 다변화되는 것은 당연한 일이다. 이것은 단순히 '다양성 옹호'가 아니다. 여기서부터 문화의 역동성과 창조성이 발원하기 때문에.

맨눈, 안경, 망원경, 현미경

세상에는 맨눈으로 세상을 보는 시인이 있고, 안경을 쓰고 세상을 보는 시인이 있고, 망원경이나 현미경, 또는 카메라로 세상을 보는 시인들이 있을 것이다. 물론 선글라스를 쓰고 보는 시인도.

혹시 우리는 맨눈으로 보는 세상만 온전하다고 생각하는 건 아닐까? 현미경으로 본 세상은 맨눈으로 본 세상보다 인위적일까? 망원경으로 본 세상은 맨눈으로 보는 것보다 과장된 걸까? 천체 망원경으로 우주를 바라보는 건 어떤가? 그 하늘에는 어떤 별들이 빛나고 있는가?

우물의 시, 저수지의 시

누군가에게 시 쓰기는 우물에 가까울 것이다. 우물은 계속 퍼내야만 물이 차오른다. 퍼내지 않으면 차오르지 않는다. 그냥 두면 말라버린다. 그는 끊임없이 물을 퍼낸다. 초조하게 우물 바닥을 바라본다. 거기 해쓱한 제 얼굴이 보일 것이다.

다른 누군가에게 시 쓰기는 저수지와 같을지도 모른다. 오래 천천히 고이도록, 언어와 영혼을 내버려 두어야 한다. 내리는 비를 가만히 받아 모아야 한다. 오랜 시간이 지난 뒤에 그곳에 차오르는 것이, 단지 흙탕물에 불과하더라도.

시 처리 가설

심리학에서 '사건 처리 가설'이란, 낯선 길을 갈 때는 처음이라 멀고 길게 느껴지지만, 돌아올 때는 그렇지 않다는 뜻이라고 한다. 초행길은 낯설기 때문에 길의 정보량이 많고, 그래서 멀고 길게 느껴진다. 하지만 돌아오는 길은 처리해야 할 정보량이 줄어들고, 그래서 상대적으로 더 가깝게 느껴진다.

시 쓰는 일을 여기에 빗대 이렇게 말할 수도 있을 것 같다. 갈 때마다 처음 가는 것처럼 자꾸 멀게 느껴지는 길. 돌아오는 길인데도 아까 갔던 그 길이 아닌 것처럼 느껴지는 길. 때로는 결국 돌아갈 길을 찾지 못하는 길. 이곳에서 살아야 하는 길.

✕ 섬과 뱀과 시 ✕

섬

사람들 사이에 섬이 있다고 시인은 말했지만, 그 섬은 동시에 나와 다른 나 사이의 섬이기도 하다. 나와 다른 나 사이의 섬에서 타자들이 태어나고 울고 웃고 살아가다가…… 사라진다. 그 섬에 비가 내리고 눈이 내리고 또 다른 계절이 온다. 그 섬에서 사랑하는 이가 나타나고 떠나가고 결국 사라진다. 타자라고 부르는 존재들이 태어나고 자라나고 마침내 섬의 일부가 된다. 그 섬에서 사물들이 발생하고 사건이 일어나고 운명이 작동하고 진심과 아이러니가 쟁투를 벌인다.

섬의 날씨

섬은 대개 고요하지 않다. 대개 기상이 좋지 않다. 나와 나, 나와 너, 나와 그들, 그들과 그들 사이의 섬에서는 일상적으로 피가 튀고 살점이 떨어져 나가고 전쟁이 벌어진다. 게다가 그 섬에는 인간만 사는 것이 아니다. 섬은 동물과 식물과 알 수 없는 생물들의 서식지이기도 하다. 때로는 괴물, 유령, 좀비, 귀신 등 그로테스크하고 기이한 크리처들의 번식지가 되기도 한다.

뱀

가령 뱀. 창세기에서 신은 뱀을 저주하여 일생 동안 배로 기어다니라고 명령한다. 거꾸로 말하자면, 이 '명령' 이전의 뱀은, 기어다니지 않는 뱀이었다.

시를 쓴다는 것은 그런 것인지도 모른다. 기어다니지 않는 뱀을 상상하는 일. 걸어 다니는 뱀을 마주하는 일. 달리는 뱀을 마주치는 일. 날아다니는 뱀을 바라보는 일. 다리나 날개가 달린 뱀과 대화를 나누는 일.

말하자면 신의 명령 이전, 또는 언어 이전을 생각하는 일. 나와 타자와 또 다른 나 사이에서.

동어반복

"나는 나다."

이 동어반복tautology에는 주어와 술어 사이의 극적인 불일치가 전제되어 있다. 주어인 '나'와 술어인 '나'는 다른 '나'이다. 주어와 술어 사이에 개입하는 이질성이 없다면 어떤 문장도 문장으로 존재하지 않는다. 진짜 동어반복은 정보량이 제로이다.

죽음과 해탈

의미가 단순할수록 문장은 이해하기 쉽다. 의미가 복잡

할수록 문장은 이해하기 어렵다. 의미가 제로라면, 그 문장은 죽음에 가깝다. 만일 의미가 무한하다면? 그것을 해탈의 상태에 비유할 수 있을까?

죽음과 해탈은 서로 닮아 있다. 인간의 말을 할 필요가 없다는 점에서.

해탈하고 싶은 밤

해탈은 주체에 대한 실재의 과잉 지배 상태인지도 모른다. 그러니까 삶을 살아간다는 것은, 끝내 해탈하지 않고 삶의 긴장을 견디는 일이다.

하지만 그러나,

그럼에도 불구하고,

그래서,

해탈하고 싶은 밤이 있다. 말하자면

시가 불가능한 밤이.

인간의 언어를 잃고 싶은 밤이.

해탈과 시

해탈의 욕망은 자아 자체를 일종의 집착 상태로 이해하고 그것을 무화시키려는 욕망이다. 개별성을 버리고 실재 속으로 사라지려는 욕망이라고도 할 수 있다.

해탈해버리면 삶이 지속되지 않고 시가 지속되지 않는다. 반대로, 해탈을 꿈꾸지 않으면 삶은 견딜 수 없게 되고, 어디에서도 시적인 것이 발생하지 않는다. 시는 해탈에 대한 욕망과 거절 사이의 이중적 긴장 속에서 쓰인다. 그리하여 시인은 이렇게 말하는 사람이다. *나는 죽음을 본 적이 없어요, 아가씨. 나는 죽은 사람들만을 보았지요. 하지만 밤마다 죽은 사람들이 나를 죽음으로 데려간답니다. 거기서 내가 본 것은……*

인간의 시

구체성의 층위에 고착될수록 시의 언어는 죽음에 가까워진다. 맥락의 복잡성과 복합성 속으로 깊이 들어갈수록 시의 언어는 해탈에 가까워진다.

시인은 조금씩 죽음 또는 해탈에 접근한다.

그리고 그 길의 끝에는, 시가 없다.

시가 불가능한 밤

더 이상 시를 쓰지 말아야 할 순간을 이렇게 표현할 수도 있을 것 같다. 시의 주어와 술어가 거의 일치하는 상태. 하나마나한 말을 반복하는 상태. 또는 시의 주어와 술어가 거의 분리되는 상태. 의미의 무한 속으로 사라지는 상태. 엔트로피가 제로에 도달하거나, 반대로 최대치에 도달하는 상태.

다른 말로 하자면,

죽음 또는 해탈의 상태. 동일한 상태.

그러므로 시는 죽음과 해탈에 반대한다.

평상심

평상심이란 무엇인가? 변증법의 회로에 갇히지 않는 것. 타인 지향형 인간이 되지 않는 것. 해탈하려 애쓰지 않는 것. 해방이나 자유가 먼 미래에 따로 있다고 생각하지 않는 것.

그렇게 메모를 해둔 적이 있지만 나의 일상과 현실에서 평상심은 그냥 다음과 같은 뜻에 가깝다; 일희일비하지 않고 그냥 하던 일을 계속하는 것. 좋아하던 것을 계속 좋아하는 것. 그러다가 조금씩 천천히 마모되는 것. 시간이 지나 희미해지는 것. 그리고 조용히 사라지는 것.

✕ 고향을 떠난 시인들 ✕

최승자

내가 살아 있다는 것,
그것은 영원한 루머에 지나지 않는다.
　　　　　　　—최승자, 「일찍이 나는」 부분*

최승자의 이 구절은 나에게 하나의 '추억'이다. 대학 시절의 나는 당연하다는 듯이 저 "영원한 루머"라는 구절에 매료되었다. 시라는 것을 막 '느끼기' 시작하던 무렵이었다. 그러나 자신의 삶을 "영원한 루머", 즉 어떤 '부재 표시'의 상태로 기각한 최승자는 다른 시에서 이렇게 적고 있었다.

> 꿈 대신에 우리는 확실한 손을 갖고 싶다.
> 확실한, 물질적인 손.
>   ─최승자, 「꿈 대신에 우리는」**

아마도 지금의 나는 "영원한 루머"보다 저 "물질적인 손"에 끌릴 것이다. 하지만 더 중요한 것은 다른 종류의 질문들인지도 모른다. 가령, 물질적인 것은 어떻게 루머를 생산하는가? 루머 자체가 지니는 물질성은 어떤 것인가? 시는 루머들의 틈새로 힐끗 지나가는 저 물질적인 것을 어떻게 발견해내는가?

자기 자신에게 이방인 되기

자기 자신의 언어 속에서조차 이방인이 되는 것(들뢰즈)으로서의 글쓰기. 이 명제는 이미 수없이 반복되어서

---

* 『이 時代의 사랑』, 문학과지성사, 1981.

** 『즐거운 日記』, 문학과지성사, 1984.

일종의 상투어구처럼 느껴진다.

　모종의 비동일성 속으로 자신을 밀어 넣으라고 모두들 말한다. 하지만 그것은 진정 무엇을 의미하는가? 주류 언어를 거부하라는 평이한 전언인가?

내 안에 있는 세 명의 시인

　　"고향을 감미롭게 생각하는 것은 아직 주둥이가 노란 미숙자이다. 모든 장소를 고향이라고 느낄 수 있는 자는 이미 상당한 힘을 축적한 자이다. 전 세계를 타향이라고 생각하는 것이야말로, 완벽한 인간이다."

　이 문장은 에드워드 사이드가 『오리엔탈리즘』(1978)에서 재인용한 에리히 아우어바흐의 문장인데, 아우어바흐는 12세기 독일의 스콜라 철학자 생 빅토르 후고가 쓴 『디다시칼리온』에서 이 문장을 가져왔다고 한다. 그리고 나는 가라타니 고진의 철학적 에세이 『언어와 비극』(1989) 중 「스피노자의 '무한'」에서 이것을 읽었다.

　빅토르 후고가 쓴 문장은 이렇게 여러 필자들을 거쳐 나에게 도착했다. 그리고 나는 이 문장을, 내 안에 있는 세 명의 시인에 대한 것으로 바꾸어 이해하기로 한다.

　(1) 고향을 그리워하는 시인 (2) 모든 장소를 고향이라고

생각하는 시인 그리고 (3) 전 세계를 타향으로 느끼는 시인.

고향으로 돌아가지 않기

상투성은 위대하다. 상투성은 모든 창조적 글쓰기가 소
멸하는 장소이자 동시에 그것이 구현되는 지반이다. 상
투성은 사라져야 할 쓰레기들의 집적이 아니라, 창조적인
것들이 결국 귀환하게 될 최후의 고향이다. 고향은 우리
의 '공통 감각'이 되어 세계를 이룬다.

시인이란 누구인가. 그는 고향을 떠나온 뒤 다시는 고
향으로 돌아가려 하지 않는 자이다. 시인은 귀향을 두려
워한다. 고향이 그에게 주는 것은 대개, 목에 걸 수 있는
훈장이나 잘 꾸며진 무덤이다. 그는 고향을 그리워하는
만큼, 고향의 먼 곳으로 떠나려 한다.

타향에서 살기

「하이네라는 상처」. 이것은 53세의 아도르노가 쓴 에세
이의 제목이다. 그 글에서 아도르노는 하이네의 시가 보
여주는 상실의 체험을 현대적 소외의 필연적인 결과로 이
해한다.

아도르노에게 고향 상실의 경험, 즉 실향의 감각은 현
대 자본주의의 필연적인 결과이다. 이제 시인은 본능적으
로 그 실향의 감각을 내면화한 사람이다. 그는 자신이 속
한 전 세계를 타향으로 느낀다. 동일성으로 충만한 '고향'

이 그에게는 결여되어 있다. 그는 '상처'와 함께 나아간다.

내 안의 '그것'

나 자신이 사유하는 것이 아니라 내 안의 '그것'이 사유
한다. 그렇게 말한 것은 하이데거였다.

나는 이 말을 "나 자신이 시를 쓰는 것이 아니라 내 안
의 '그것'이 시를 쓴다"라고 바꾸어 적어본다.

이 문장은 초현실주의적인 자세와는 관련이 없다. 의식
의 흐름이나 무의식의 나열은 나에게 더 이상 매혹적이지
않다. 초현실주의적 태도는 전 세기적일 뿐만 아니라 무
엇보다도 너무…… 쉬운 것으로 느껴진다.

저 문장 속에서 '그것'은 내게 일종의 상처, 빈틈, 균열에
가깝다. 시 속으로 물질과 사건과 세계를 틈입하게 만드
는 사이 공간, 영영 봉합되지않는 영혼의 간극, 고향의 존
재 자체를 불가능하게 만드는 타향으로서의 전세계.

✕ 시인의 일상 업무 ✕

정확한 말

하나의 사물을 정확하게 표현하는 말은 단 하나뿐이다,
라고 말한 것은 플로베르였다.

그가 왜 이런 말을 했는지는 이해하지만, 이 의견에 궁

극적으로 동의하기는 어렵다. 하나의 사물을 정확하게 표현하는 말이 무한하게 많다는 '포스트주의적' 발언을 하려는 게 아니다. 사태는 정반대다. 하나의 사물을 정확하게 표현하는 말은…… 단 하나도 존재하지 않는다. 오늘 나에게 이것은 지나치게 자명한 것으로 느껴진다.

그럼에도 불구하고

그럼에도 불구하고 시인은 '단 하나의 말'에 도달하려는 사람이다. '단 하나의 말'에 도달하는 순간 그 도달이 착각이라는 것을 본능적으로 깨닫는 사람이다. 도달하고 싶다는 열망과 도달했다는 착각이 그를 시인으로 만들겠지만, 그 열망과 착각 이후에는 다시 공허가 찾아올 것이다.

인간의 언어에 대한 공허를 느낀다고 선언하는 것은 쉽다. 시와 삶의 궁극에 공허가 있다고 말하는 것 역시 쉽다. 그러니까 오늘은 이렇게 덧붙여두자. 그러나, 그럼에도 불구하고, 그래서, 시를 쓴다고. 공허에도 불구하고, 공허와 함께 시를 쓰는 일이 불가피하다고. 존재하는 동시에 존재하지 않는 '단 하나의 말'과 더불어.

고유한 필연성

시가 자유로운 상상력의 발동이라고 생각하는 것은 관습적이고 피상적이다. 시는 차라리 고유한 필연성의 창안에 가깝다고 생각하는 게 나을지도 모른다.

필연성은 말 그대로 필연성이므로, 자유와 자의성을 제약하고 제한한다. 자유와 자의성을 어떻게 독창적인 방식으로 제한할 것인가? 이 본능적 제약의 메커니즘이 시인의 '개성'을 구성한다.

어떤 독자가 한 편의 시에서 매혹을 느낀다면, 그것은 그 시인이 보여준 고유의 필연성이 그 독자에게 *정확하게* 작동했다는 것을 의미한다.

필연성의 반대말

그러므로 시에서 필연성의 반대말은 우연성이 아니다. 그것들은 가까운 곳에서 서로를 발생시킨다. 필연은 우연을 창안하고 우연은 필연을 보완하며 필연은 다시 우연을 대체한다. 우연이란, '우리에게 알려져 있지 않은 필연성'의 다른 이름이 된다.

우연과 필연은 서로를 창안하고 보완하고 대체하며, 궁극적으로는 하나의 시적 사태를 구성한다. 이 지점에서 시인은 사과가 떨어지는 순간이나 물이 끓는 모습을 물끄러미 바라보는 과학자의 마음과 만난다.

사과가 떨어지고 물이 끓는 순간, 시인은 모종의 필연성과 조우한다. 그것이 어떤 독자에게는 시적 우연으로 읽힐 것이며, 어떤 독자에게는 시적 필연으로 지각될 것이다.

필연의 시

이렇게 말할 수 있을까?

좋은 시란 말을 잘 다루고 비유를 적절히 활용함으로써 이루어지는 것이 아니라, 브루터스만이 브루터스를 정복할 수 있는(셰익스피어) 상태에 도달하는 것이라고. 시는 브루터스만이 브루터스를 정복할 수 있는 고유한 운명의 발견이라고. 그 운명의 끝에 있는 것이(브루터스와 같은) 죽음 또는 자결이라 할지라도.

대체 불가능한 내적 필연성의 자각. 그럼으로써 시는 '하나의 사물'을 정확하게 표현하는 '하나의 말'에 다가간다. 말하자면 '하나의 죽음'에.

시와 수수께끼 놀이

시가 혐오하는 것은 차라리 수수께끼놀이 같은 것이다. 수수께끼에는 전제되어 있는 '정답'이 있다. 아침에는 네 발로, 점심에는 두 발로, 저녁에는 세 발로 걷는 것은? 정답은 물론 인간이다.

하지만 좋은 시는 수수께끼처럼 미리 자신의 정답을 정해두지 않고, 독자들을 오답의 미로로 유혹하지도 않는다. 그래서 시의 '낯설게 하기'를 수수께끼의 사례를 통해 설명했던 형식주의자 시클롭스키의 생각에 동의하기는 어렵다. 그의 생각과 달리, 시는 수수께끼 풀기와는 반대의 벡터로 움직이기 때문에.

야훼의 얼굴을 바라보기

야훼께서 가로되, *그러나 나의 얼굴만은 보지 못한다. 나를 보고 나서 사는 사람이 없다*(출애굽기 3장 14절)고 하셨다. 그럴 것이다. 우리는 신(진리)의 얼굴을 볼 수 없다. 그것이 금지되었거나 부재하기 때문이 아니라, 그의 얼굴을 보고 나서 살아 있는 사람이 없기 때문에.

이 지점에서 출애굽기의 문장을 반대로 이해할 수도 있을 것 같다. 그의 얼굴을 보고 나면 살아 있을 수 없다는 뜻이 아니라, 살아 있지 않다면 그의 얼굴을 볼 수 있다는 뜻으로. 말하자면 삶의 외부에서라면 그의 얼굴을 볼 수 있다는 뜻으로. 삶이 정지한 상태에서라면 그의 얼굴을 볼 수 있다는 뜻으로.

이 혼잡한 삶의 너머에서, 변화하는 삶의 저편에서, 좌충우돌하는 삶의 틈새로, 희망도 아니고 절망도 아닌 곳에서, 인간의 욕망이 사라진 곳에서, 힐끗, 그의 얼굴이 지나간다는 것.

시는 힐끗 지나가는 그 얼굴을 보아내는 언어 형식인지도 모른다. 그러니까 이렇게도 말할 수 있을 것 같다. 삶 속에 끊임없이 죽음을, 종말을, 정지를 개입시키는 것이 시의 업무라고.

지금-시간

하지만 다시 그런 시간은 온다.

혼자 깨어나 캄캄한 천장을 바라보는 새벽.

출근 시간에 늦어 부산스러운 아침.

내리는 비를 바라보며 담배를 피우는 오후.

업무상 트러블 때문에 골치가 아파오는 저녁.

밥을 먹고, 설거지를 하고, 연장전에 돌입한 프로야구를 관람하고, 혼자 술을 마시고, 결국 어제의 시를 지워버리는 밤. 정지의 시간도, 단절의 시간도, 에피파니의 시간도 사라진 산문의 시간. 정지와 단절과 구원에 회의를 느끼는 시간. 삶에 개입하는, 저 무수하게 반복되는 죽음과 종말과 구원의 언어에 환멸을 느끼는.

시인의 일상 업무

자기혐오는 대개 자기 연민과 자기애와 자의식과잉의 결과물이다. 하지만 글쓰기에 수반되는 자기혐오는 좀 다른 것 같다. 여기에는 자신만의 고유한 필연성에 도달하지 못했다는 자괴감이 배어 있다. 그러니까 이렇게 적어두도록 하자. 그런 무력감 상실감 열패감을 견디고 나아가는 것이 시인의 일상 업무라고.

리옴빠

다와다 요코는 일본어를 유창하게 구사하는 사람에게 구토를 느낀 적이 있다고 한다. 자동화된 언어와 자동화된 생각으로 술술 나오는 말에 구토를 느낀다는 것인데,

성인이 된 후 독일로 이주해 독일어와 일본어로 글을 쓰는 작가니까 가능한 감각이라고 생각한다.

나는 다와다 요코가 말한 '구토'의 감정을 느낀 적이 없다. 왜냐하면 나에게 한국어는 온전히 자연화된 언어이기 때문이다. '특정한 방식으로 코드화된 언어'라는 생각조차 불가능하다. 완벽하게 자연화되어 있으므로 한국어 밖에서는 아무것도 생각할 수 없다는 것. 자연화된 언어 밖으로는 한 발자국도 벗어날 수 없다는 것. 그것은 외국어를 공부한다고 해서 해결될 것이 아니다.

그러니 어쩔 수 없이 이렇게 생각하게 된다. 쓸쓸하게도 사랑은 자연화가 아니다…… 사랑은 자연화에서 그대를 빼내는 것이다…… 그대를 자연화해서는 그대를 사랑할 수 없다……라고.

그런 생각이 들 때 떠오르는 단어가 '리옴빠'이다. 리옴빠는 유리 올레샤의 『리옴빠』(1927)에 나오는 어휘이다.

> 그때 그의 머릿속에 불편한 생각 하나가 떠올랐는데 쥐가 사람들이 알지 못하는 자기의 이름을 가지고 있을지도 모른다는 생각이었다.*

유리 올레샤에 따르면, 그 쥐의 이름은 '리옴빠'이다. 사

---

* 유리 올레샤, 『리옴빠』, 김성일 옮김, 미행, 2020, p. 13.

람이 알지 못하는 쥐의 이름 리옴빠. 쥐끼리만 소통 가능한 이름 리옴빠. 리옴빠는 말하자면 인간중심주의와 자국어중심주의를 넘어서는 모든 언어적 타자성의 대명사인 셈인데, 그렇다면 내가 시와 소설을 쓰는 것은 다와다 요코의 '구토'를 안으로 삼키고 리옴빠를 창안하는 일에 가까운 것이 아닐까······라고 생각해본다. 자연화된 언어 안에서 자연화를 거슬러서 그 언어를 사랑한다는 것. 언어의 자연화를 거스르면서 그 언어를 쓰는 세계를 사랑한다는 것. 말하자면 '리옴빠'의 세계를 창안하는 일.

✕ 안간힘으로 신호를 ✕

시인보다 지혜로운 시

작품은 언제나 작가보다 지혜롭다고 적은 것은 밀란 쿤데라였다. 작가에게 작품은 읽을 수 없는 대상이라고 적은 것은 블랑쇼였다. 작가가 작품에 대해 말할 때 그는 이미 한 사람의 독자일 뿐이라고 쓴 것은 바흐친이었다.

그러니까 시인이 자신의 시를 읽는다는 것은 가능한가? 읽는 순간 그는 이미 한 사람의 독자가 아닌가? 시인은 시를 읽는 제스처를 끊임없이 반복하는 한 사람의 독자에 가깝지 않은가?

시인이 자신의 시에 대해 말할 때, 그의 설명은 단지 해석의 참조항으로 받아들여야 한다. 시인의 설명이 자신이 쓴 시에 대한 최종적 해석일 수 있다면, 그것은 그 시가 그만큼 빈곤하고 앙상하다는 것을 뜻할 뿐이다. 시는, 어느 지점에서든, 시에 대한 시인의 사유를 넘치고 범람하고 배반한다. 그것은 좋은 일이거나 나쁜 일이기 이전에, 불가피한 일이다.

시의 일반적인 것과 특수한 것

벤야민이 『독일 비애극의 원천』(1928)에서 인용한 괴테의 문장: "시인이 일반적인 것에서 특수한 것을 추구하는 것과, 특수한 것에서 일반적인 것을 추구하는 것은 커다란 차이가 있다. 전자는 알레고리를 일으키는데, 여기서 특수한 것은 오로지 일반적인 것의 사례로서만 제공된다. 그러나 후자는 시의 진정한 본질이다. 일반적인 것에 대한 사유나 참조 없이 특수한 것을 표현하는 것 말이다. 특수한 것을 그 모든 생명력과 함께 장악하는 이는 또한 누구나 일반적인 것을 장악한다. 그게 뭔지 모르는 채로, 혹은 이후 단계에서나 알게 된다."

여기서 내가 좋아하는 것은 저 마지막 문장이다.

"그게 뭔지 모르는 채로, 혹은 이후 단계에서나 알게 된다"는 것.

예술적 감각이라는 것이 가능하다면 '그게 뭔지 모르는 채로' 바로 그것을 해내는 것, 또는 그 '이후 단계'를 본능적으로 지각하는 능력에 가까울 것 같다. 그것은 대개 시인 자신조차 이해할 수 없는 방식으로 발생하는데, 이는 무의식 같은 정신분석의 용어와는 맥락이 다르다.

단점의 장점

많은 경우, 시에서 중요한 것은 장점을 갖는 것이 아니다. 우리는 그럴듯한 장점이 많은 시보다 매혹적인 단점을 지닌 시에 더 끌린다. 시적 에너지는 대부분 바로 그 단점의 역동 속에서 발생하기 때문에. 새로운 시는 대부분 바로 그 단점 자체에서 탄생하기 때문에.

역행

정답에서 질문으로의 역행.

죽음에서 삶으로의 역행.

잠언aphorism에서 난관aporia으로의 역행.

이 역행들을 초래하는 시에 매력을 느낀다는 것.

하지만 그 역행의 끝에는 어떤 심연이 도사리고 있는가?

잠 못 이루는 밤하늘의 별들,

안간힘으로 서로에게 신호를 보내고 있다.

2-3. 아름다움, 사유, 침묵

※ 의자의 실패 ※

크레타인의 역설

"모든 크레타인은 거짓말쟁이다"라고 말한 것이 크레타인이라면 그의 말은 진실일까 거짓일까? 역설, 패러독스의 대표적 예시이다. 진실이라면 크레타인의 말 자체가 부정되고, 거짓이라 해도 크레타인의 말은 부정된다. 진실이든 거짓이든 우리는 빠져나올 수 없는 함정에 갇히게 된다.

중요한 것은 이런 것이다. 우리는 언제나 크레타인으로서 말하는 존재들이라는 것. 우리의 내부에는 영원히 그어진 채 사라지지 않는 빗금이 있다는 것. 글쓰기는 궁극적으로 그 빗금을 사유할 수 밖에 없는 크레타인의 일이라는 것.

의자의 실패

언어는 근본적으로 '폭력적인' 도구이다. 말로 욕을 한다든가 나쁜 말을 할 수 있다는 뜻이 아니다. 언어는 그 자체로 대상을 과잉 결정함으로써 작동한다. 의자를 '의자'라고 부르는 순간, 우리는 나무로 만든 특이한 모양의 그 물건을 '앉는 것'이라는 목적에 종속시킨다. 나무로 된 그 물건은 수많은 벌레와 미생물 들에게는 하나의 우주일 것이고, 나무에게는 나무의 시간을 간직한 단지 나무일 것이다. 하지만 우리는 그것을 '의자'라고 부름으로써 그 존재를 인간의 목적을 기준으로 규정한다. 언어를 통해 우리는 존재를 제한하고 존재의 풍요로움을 축소한다.

'꽃이 아름답다'고 말하는 순간에도, '넌 나쁜 놈이야'라고 비난하거나 '당신은 착한 사람이야'라고 칭찬하는 순간에도, 심지어는 '밥 먹었니?' 하고 물어볼 때나 '사랑한다'고 고백하는 순간에도 언어의 과잉 결정은 작동한다. 언어는 언어가 가리키는 대상을 규정하고 구획하고 변형함으로써 존재하기 때문이다.

언어를 사용하는 한 이를 피하는 것은 불가능하다. 언어를 사용하는 사람의 심리적인 문제나 윤리적인 문제가 아니라는 뜻이다. 대상을 규정하고 구획하고 변형하는 과정을 통해서만 언어가 기능하기 때문이다. 그것이 언어 자체의 작동 원리인 셈이다.

바보성자 되기

언어의 그러한 특성을 피하려고 노력하는 것은 또 다른 차원에 속한다. 그것은 마음의 문제이자 윤리의 문제일 수 있다. 동방정교의 '바보 성자holy fool'들이 무의미한 말만을 되풀이하거나 침묵하는 것, 불교의 수도승들이 묵언 수행을 하는 이유도 그런 맥락일 것이다. 언어의 과잉 결정, 언어 고유의 폭력성, 대상에 대한 주체의 과도한 지배를 피하기 위해서는, 오로지 침묵만이 가능하기 때문에.

그럼에도 불구하고

그럼에도 불구하고, 삶을 살면서, 말을 하면서, 글을 쓰면서, 과잉 결정을 피할 수는 없다. 과잉 결정을 받아들이지 않는다면 언어도 작동하지 않고 제도도 작동하지 않고 더 나은 사회도 만들어지지 않는다. 그럼에도 불구하고 말한다는 것, 그럼에도 불구하고 쓴다는 것, 그것이 삶이 우리에게 부여한 역설이다.

주의 깊은 말은 의미를 부여하면서 동시에 그 의미 때문에 대상을 훼손하지 않으려고 노력한다. 섬세한 글쓰기는 과잉 결정의 지배, 과잉 결정의 폭력, 과잉 결정의 기만을 최소화하면서 자신의 의미를 구축한다. 언어의 양면성을 의식하는 일은 힘에 겨워서, 우리가 할 수 있는 가장 정교한 자기 수련의 방식인지도 모른다.

생산하는 글쓰기

"이 작품을 통해 무슨 말을 하고 싶은 건가요?"

"뭘 표현하고 싶었죠?"

이 질문들이 전제하는 것: 어떤 생각이 미리 정해져 있고, 그 생각을 '표현'하는 것이 글쓰기라는 가정. 이 경우 생각의 전달은 '목적'이 되고 글쓰기는 '수단'이 된다. 또는, 의도가 '본질'이 되고 글쓰기는 '현상'이 된다.

문학적 글쓰기에 관한 한, 위의 전제를 의심하지 않으면 안 된다. 미리 정해놓은 '메시지'를 글이라는 '도구'를 사용해서 표현한다는 자세만으로는 좋은 글이 나오지 않는다. 의미나 정신이라는 '본질'이 먼저 있고, 그 의미나 정신이 글로 외화된다고 이해하는 자세는, 다음과 같은 경험을 통해 보충되어야 한다. 문학적 글쓰기는 그 물리적인 과정 자체를 통해 의미와 정신을 '갱신'하고 '생산'하며 때로는 '폐지'한다고.

✕ 전위는 맨 뒤에 ✕

마피아와 공산주의자

아벨 페라라의 누와르 영화에는 조폭 공산주의자가 등장한다. 말하자면 마피아와 공산주의자의 이질 혼재.

이 이질 혼재는 장르물로서의 누와르를 급격하게 현실

로 끌어올린다.

문학에는 언제나 저 '공산주의자'가 필요하다.

전위는 맨 뒤에

오늘날 전위의 반대편에 있는 것은 키치가 아닌 것 같다. 소위 '데이터베이스 모델'(아즈마 히로키)이야말로 오히려 전위avant-gande의 반대편, 즉 후위arrière-gande에 있는 게 아닐까? '데이터베이스 모델'은 이미 완성되어 있는 모듈들의 재조합을 지향한다. 인공지능 알고리즘도 그 가운데 하나라고 할 수 있다.

그런데 이 후위는 전선戰線의 모양을 바꾸고 문학의 개념을 바꾼다는 점에서는 전위라고 할 수 있지 않을까? 그렇다면 오늘날의 전위는 맨 뒤에 있다는 말도 성립하지 않을까? 오늘날 전위는 곧 후위가 아닌가?

나는 이것을 비관적인 질문이라고 생각하지 않는다.

상태로서의 예술가

인구는 빠른 속도로 줄어들겠지만 예술가는 지속적으로 늘어날 것이다. 사회구조와 노동의 구조가 변화하기 때문이다. 인공지능 알고리즘에 의한 예술 생산은 '테크노 음악'처럼 하나의 장르가 될 것이고, 동시에 예술가에게 보조 도구를 제공할 것이다. 결국은 '예술가'라는 개념 자체가 변화할 것이다.

예술가가 늘어나는 것은 좋은 일이다. 가령 시인은 늘어날 것이며, 더 늘어날 필요가 있다. 블루 칼라든 화이트 칼라든, 백수든 고위급 인사든, 누구나 시인이 될 필요가 있다. 그것은 단적으로 말해서, 좋은 일이다.

'직업으로서의 예술가'가 일반화된 것은 지극히 근대적인 현상이다. 역사적이고 일시적인 현상이라는 뜻이다. 근대 이후에는 '예술가' 개념이 급격한 변화를 겪을 것이다. 대다수의 경우 예술가는 더 이상 '직업'의 이름이 아니게 될 것이다. 그것은 차라리 '상태'의 이름에 걸맞을 것이다. 예술의 가능성, 예술의 미래를 거기서 찾지 않으면 안 된다.

지금 나는 이 문장을, 간신히, 낙관적인 기분으로 적고 있다.

예술 개념의 변화

누구나 예측하고 있는 대로, 플랫폼 기반의 예술 생산 소비 시스템과 인공지능 알고리즘에 의한 텍스트 생산은 문학장을 서서히 변화시킬 것이다. 예술 생산이 개인의 재능, 독창성, 천재성에 의존한다는 고정관념 역시 천천히 약화될 것이다. 창작의 독과점이 완화될 것이다. 창작자와 향유자의 경계를 구분하기 어려운 것은 이미 당연한 일이 되었다. 문학은 시인이나 작가 중심의 문학사 서술로는 설명할 수 없는 방식으로 변화하고 진화한다. 미래는 미래를 알지 못한다.

형식과 구조의 재림

형식주의와 구조주의의 시대는 과거가 되었다. 맞는 말이다. '가치'라는 변수를 제외하는 것, 텍스트를 기능적 요소의 총합으로 간주하는 것이 형식주의의 요체였다. 불변항들의 관계를 추출하고 일목요연하게 도식화하여 알고리즘을 구성하는 것이 구조주의의 일이었다. 그 시대는 지나갔다.

하지만 사라졌다고 믿었던 것은 반드시 다른 형태로 변주되어 귀환한다. 오늘날 소위 '스토리텔링'은 이야기의 기능적 모듈들을 의식적으로 반복·변주·재배치함으로써 발전하고 있다. '정보 이론' 및 '사이버네틱스'는 데이터베이스와 알고리즘에 기반한 피드백 구조를 발전시키는 중이다. 기호학과 구조주의는 오늘날 사유와 사상의 영역에서 테크놀로지와 대중문화의 영역으로 이전하여 조용히 자신의 영역을 점유해가고 있다. 이것은 좋은 일인가, 나쁜 일인가? 단지 불가피한 일인 것은 아닌가?

╳ 리듬과 오라 ╳

리듬

리듬은 힘이 세다. 대개 리듬은 '개인'의 개별성을 희미하게 만든다. 많은 경우 리듬은 개인의 내면을 약화시킴으로써 작동한다. 가령 교가는 학생 개개인을 학교에 소속시키고, 애국가는 시민 개개인을 국가에 소속시키며, 노동요는 노동하는 사람을 노동 자체의 리듬에 소속시킨다.

집단적이고 사회적인 리듬만 그런 것은 아니다. 사실은 개인의 리듬조차 그렇게 작동한다. 리듬은 개별적이고 사실적이며 유일한 고유의 주체성을 약화시킨다. 심지어 발라드조차 개인의 개별성을 외부의 리듬에 종속시킴으로써 감흥을 불러일으킨다.

그래서 리듬은 두려운 동시에 매혹적이다. 리듬은 우리를 우리의 외부로 이끌고, 우리를 모종의 외적 힘으로 포섭한다. 리듬은 고유한 것을 고유함의 외부로, 내부의 공기를 외부의 공기로 이끈다. 그것은 우리를 외부에 대한 동조로 이끌고, 궁극적으로 대기의 동일성에 포섭되게 만든다. 내면에서 시작되었다고 느껴질 때조차도 리듬은 외부에서 기원하며, 외부를 지향하고, 궁극적으로 외부에 통합된다. 니체라면 이런 이야기를 디오니소스에 연루시켜 말했을지도 모른다.

이콘들

소비에트 사회주의 시절의 미술을 보고 있으면 어쩔 수 없이 중세의 성상화icon들이 떠오른다. 소비에트의 텍스트들과 중세의 텍스트들은 작동하는 방식이 유사하다. 전자는 정치적인 이데올로기 장치로, 후자는 종교적인 이데올로기 장치로 작동한다. 지극히 *실용적인* 이 이미지들은 텍스트 외부에 이미 마련된 사유 체계를 기반으로 소위 '오라aura'를 부여받는다. 오라를 미리 부여받은 상태에서 제작된 텍스트들이라고도 할 수 있다.

이런 경우 오라는 이데올로기 시스템의 감각적 번역에 해당한다. 벤야민이 명확히 적시하지는 않았지만, 오라는 종교적, 정치적 이데올로기 시스템을 배경으로 하지 않으면 작동하지 않는다.

오라와 이데올로기

요즘 자주 틀어두는 음악은 「그레고리안 성가Gregorian Chant」이다. 나는 오라를 소비한다. 「그레고리안 성가」는 '나'라는 왜소한 개별자 너머에 초월적 세계가 있다는 것을 직관적으로 느끼게 만든다.

그 세계에 몸을 맡기고 싶을 때가 있다. 그럴 때는 그 세계가 '이데올로기적 지배 시스템'의 일부든 뭐든 상관없다고 생각하게 된다. 어쩔 수 없다고 생각하게 된다.

✕ 초월적 자아의 글쓰기 ✕

하지만 「그레고리안 성가」의 멘탈리티로 글을 쓰는 일은 불가능하다. 초월적 자아로 하여금 글을 쓰게 할 수는 없는 것이다.

무의식의 글쓰기

반대로 무의식이 글을 쓰게 하는 일은 어떤가? 자동 기술과 자유연상은?

그런 글쓰기 방식 역시 이제는 구시대적으로 느껴진다. 20세기적 욕망 또는 증상에서 벗어나지 못한 느낌이랄까. 적어도 나에게는 더 이상 흥미롭지 않다는 뜻이다. 여기에 '실재'라는, 이제는 익숙해진 용어를 대입시킨다고 해도 상황은 달라지지 않는다.

종 다양성과 가치

상식적인 얘기지만, 한 사회의 문화적 역동성과 창조성은 다양성에서 비롯된다. 단일한 가치 또는 스타일이 지배하는 사회보다, 산만하고 어지러울지언정 다양한 가치와 스타일이 경쟁하고 이합집산하는 사회가 더 건강하다.

이를 몰가치적 다원주의로 기각해서는 안 된다. 다양한 가치와 스타일의 경쟁과 이합집산은 일종의 '전제 조건'이기 때문이다.

침묵의 세계

비가 내린다. 이런 날에 피카르트를 읽어서는 안 된다. 침묵의 문장에 빠져들 위험이 있기 때문에.

피카르트의 『침묵의 세계』(1948)는, 인간의 언어를 소거하면 실체로서의 침묵이 있다는 '신학적' 메시지를 전제로 삼는다. 피카르트식 침묵에 매혹을 느끼는 신비주의자들에게 나는 별다른 호감을 갖고 있지 않다.

그럼에도 불구하고 매혹을 느끼는 시간이 있다. 말하자면 피카르트적 침묵을 피할 수 없는 시간이. 조우하는 시간이.

침묵은 존재한다. 고로 침묵은 위대하다. 그 단순한 현존 속에 침묵의 위대함이 있다.
침묵에는 시작도 없고 끝도 없다.[*]

침묵은 오늘날 아무런 "효용성도 없는" 유일한 현상이다. 침묵은 오늘날의 효용의 세계에는 맞지 않는다[**]

[*]   막스 피카르트, 『침묵의 세계』, 최승자 옮김, 까치, 2010, p. 19.
[**]   같은 책, p. 20.

그의 어떤 문장들은 힘이 세다. 문제는 그의 믿음을 나의 것으로 할 수 없다는 것. 적어도 진선미의 관계에 대해서는.

진리를 둘러싼 광휘, 그것은 미이다. 그리하여 진리는 멀리까지 뚫고 나갈 수가 있다. 미의 광 휘는 눈에 띄지 않게 진리에게 길을 준비해준 다. 미는 진리의 선도자(先導者)인 것이다.***

피카르트 vs. 톨스토이

만년의 톨스토이는 진선미가 동등하게 근본적이며 서로 보완하거나 보충적인 관계라는 생각을, 단호하게 부정한다.

톨스토이가 보기에 진선미에는 가치의 위계가 있다. 그의 생각은 단순명료하다. 선이 최고이고, 진은 중요하지 않으며, 미는 최악이라는 것이다.

"진이란 사물의 표현과 본질이 일치하는 것을 의미하기 때문에 선에 이르는 하나의 수단"****

*** 같은 책, p. 39.
**** 레프 톨스토이, 『예술이란 무엇인가』, 이철 옮김, 범우사, 1998, p. 90.

"우리는 미에 골몰하면 할수록, 선에서 더욱더
멀어진다."*

톨스토이는 '아름다움은 진리의 선도자'라는 피카르트
적 명제나 '아름다움이 우리를 구원하리라' 같은 도스토옙
스키적 가치를 신뢰하지 않는다. 거기에는 선, 즉 윤리와
도덕과 정치가 개입하지 못하기 때문이다.

진선미眞善美

톨스토이의 반미학적 교리를 비판하는 것은 어렵지 않
다. 하지만 아름다움으로부터 윤리와 진리에 이르는 길을
찾는 것 역시 쉬운 일이 아니다. 이유는 명확하다. 아름다
움은 아름다움일 뿐 그 자체로 윤리적이거나 진실한 것
이 아니기 때문이다. "미에 골몰하면 할수록" 그 내부에서
진(대상과 개념의 일치)과 선(윤리)이 발생한다고는 아무
도 확증할 수 없다. 진선미는 서로가 서로를 보증하고 보
충하고 증명하는 관계가 아니다. 그것들은 오히려 서로를
배반하고, 경쟁하고, 결정적으로 서로에 대해 무심하다.

천지불인天地不仁

노자의 '천지불인'은 '자연의 이치에는 인간의 마음과 비

*   같은 책, p. 89

숫한 것이 없다'라는 뜻으로 해석될 수 있다. 자연의 이치는 그냥 그 자체일 뿐이다. 그것은 인간의 윤리와 무관하다.

인간의 윤리는 그 자체로 아름답지 않다. 그것을 아름답다고 말할 때 우리는 아름다움과 선함을 의식적으로 동일시하고 싶은 욕망을 승인하는 것이다. 요컨대 선이 실제로 아름다운 것이 아니라 우리 자신이 선을 아름다움으로 번역하고 싶다는 것.

아름다움은 그 자체로는 윤리적이지도 않고 진실하지도 않다. 톨스토이를 따라 우리는 차라리 이렇게 말해야 한다. 고대와 중세의 건축물들은 아름답지만, 동시에 그것은 수많은 인간의 목숨을 희생하여 쌓아 올린 악의 바벨탑이라고.

순간들

진선미는 서로 다른(즉, 자율적인) 영역에 존재한다. 하지만 여전히 내게 매력적인 것은 진리의 자율성, 윤리의 자율성, 미적 자율성이 시험대에 오르는 순간이다. 각각의 자율성들이 다른 영역과 부딪쳐 스파크를 일으키는 순간. 궁극적으로는 각각의 자율성들이 스스로를 능동적으로 파괴하고 소각하는 순간. 자율성 자체가 제거되는 순간. 말하자면 특정한 맥락 속에서 필연적으로 서로 연결되는 순간.

진리 vs. 윤리 vs. 취향 vs. 효용

1. 참(사유와 대상의 일치)과 거짓(불일치)의 문제, 즉 진리의 문제
2. 올바름(정의)과 올바르지 않음(불의)의 문제, 즉 윤리의 문제
3. 좋음(호)과 나쁨(오)의 문제, 즉 취향과 매력의 문제
4. 필요(실용성)와 불필요(무용성)의 문제, 즉 효용의 문제

진선미 가운데 어느 하나가 다른 범주들을 압도하고 지배하는 문화는 불행하다. 진리가 독점적일 때 그것은 맹목적 이성이나 과학주의의 일방적 질주일 수 있으며, 반대로 종교적 도그마의 결과일 수도 있다. 윤리가 배타적일 때 그것은 의외로 쉽게 정치적 권위주의나 반미학적 반달리즘으로 변질될 수 있으며, 아름다움에 몰두하는 것은 데카당스나 반지성주의로 추락할 수 있다.

어느 경우건 파시즘의 유혹에 취약해지는 것은 마찬가지다. 셋은 서로를 보완하고 보충하며 동시에 견제해야한다. 이 긴장을 없애고 하나의 요소에 배타적 특권을 부여하려는 시도는 대개 재앙에 가까운 결과를 초래한다. 반대로 셋의 차이를 영속적인 것으로 고정시키고 구분하려는 시도는 게으르고 무책임하다. 소중한 것은 이 세 범주들의 차이와 간극을 활성화시키는 것, 생산적인 긴장 관계로 만드는 것, 차이와 간극 자체를 부정적인 것에서 긍

정적인 것으로 전환시키는 것이다.

그러나 4의 승리

하지만 오늘날 압도적인 것은 저 네번째 범주, 실용과 효용의 영역이 아닌가? 효용성은 자본주의 원리가 만든 특권적 지위를 독점한 채 그 괴물스러운 아가리를 벌려 진선미를 집어삼키는 중이다.

✕ 문학과 예의 ✕

정치적 올바름과 예의

'정치적 올바름'은 엄밀한 의미에서 '예의'의 영역에 속한다. '청소부'라는 멸칭 대신 '미화원'이라고 지칭하는 것이 '피씨'의 기초다. 그것은 삶의 표면에 존재하며, 사회적 관계들을 지속가능한 것으로 만들기 위한 최소한의 장치이다. 말하자면 인간관계의 기본을 지키는 것. 겉으로라도 타인을 존중하는 것. 적어도 겉으로라도, 타인을 무시하지 않고, 갑질하지 않으며, 동등한 존재로 대하는 것. 정치적 올바름은 삶에서 기본 중의 기본이다. '기본'은 필요 조건일 뿐, 충분 조건이 아니다.

예의와 좋은 사람

예의가 바르다고 해서 다 좋은 사람은 아니다. 하지만 이 말이, 예의가 없는데도 좋은 사람이 있다는 식으로 변질되어서는 곤란하다. 또는 예의를 무시하기 때문에 솔직한 사람이라는 식으로 오용되는 것도 곤란하다. 예의는 피상적인 것이지만, 그것의 부재를 통해 심층에 도달하는 것은 아니다.

문학의 경우는 어떤가? 누구나 알고 있듯이, 정치적으로 올바른 작품이 곧 좋은 작품은 아니다. 정치적으로 올바른 작품과 미학적으로 매혹적인 작품 사이에는 필연적인 관계가 없다. 그것은 예의 바른 사람이라고 해서 그가 곧 좋은 사람이라고 할 수 없는 것과 비슷하다.

당연하게도 문학 예술은 '예의'에 강박되지 않는다. '정치적 올바름'에 강박되지 않는다. 문학은 심층과 실재를 포기할 수 없으며, 궁극적으로 삶의 피상성을 뚫고 더 깊은 곳을 향하지 않으면 안 된다…… 이는 너무도 지당한 생각이다. 실은 지당해서 하나 마나 한 말이기도 하다.

이런 상투적인 생각의 알고리즘에는 함정이 숨어 있다. 정치적으로 올바르지 '않은데도', 심지어는 정치적으로 올바르지 '않아야만', 문학의 깊은 곳에 닿을 수 있다는 착각. 그런 선입견은 의외로 광범위하게 퍼져 있다. 많은 경우 이는 문학에 대한 낭만적 고정관념과 연관이 있다. 문학의 '깊은 곳'에 닿기 위해서는 먼저 문학에 대한 낭만적

포장을 걷어내지 않으면 안된다.

✕ 예술지상주의라는 농담 ✕

예술지상주의

예술지상주의라는 농담은 농담으로서도 고루하게 들린다. 예술을 위한 예술이라니 그건 대체 무슨 뜻일까?

도구로서의 예술

예술은 '궁극적으로' 도구이다. 그것을 부정할 수는 없다. 가능한 한 매력적인 방식으로 예술을 도구로 활용할 것. 그것이 예술의 유일한 활로이기 때문에.

테오필 고티에

하지만 예술지상주의의 선언문으로 인식되는 테오필 고티에의 글『모팽 양』(1835) 서문을 읽으면 사태가 그리 단순하지 않다는 것을 알게 된다. 이 글에서 고티에가 주장한 소위 '예술지상주의'는 당대 프랑스의 반동적 왕정 사회에 만연한 도덕주의, 공리주의, 효용론을 비판하기 위해 제출된 것이었다. 화려하고 박학하며 공격적인 그 글의 말미에서 고티에는 심지어 푸리에식 사회주의를 지지하기까지 한다. '예술을 위한 예술'는 일종의 '정치적' 제

스쳐였던 셈이다.

무관심 vs. 관심

'무관심'과 '관심'의 대립상으로 미학을 설명하는 경우를 '칸트적'이라고 말할 수 있을 것이다. 실용적인 '관심interest'이 배제되는 순간에만 아름다움의 영역에 진입할 수 있다는 것. 이것은 소위 근대 미학의 출발점이기도 하다.

하지만 오늘날 '무관심'과 '관심'은 상호 대립하지 않는 것 같다. '무관심'과 '관심' 사이의 중간 지대는 거의 무한하여, 그 중간 지대야말로 우리 삶의 모든 것이라고 할 수 있다. 우리는 실용적인 사물에도 무용한 아름다움을 느끼며, 무용하다는 바로 그 이유 때문에 유용한 사례들을 알고 있으며, 유용하고 지시적이며 목적 지향적이기 *때문에* 아름다운 문장을 창안할 수 있다.

✕ 진정성과 아이러니 ✕

진정성은 어디에

중년 남성이 호르몬의 변화로 지나치게 감상적이 된다고 하자. 그는 작은 일에도 감정이 물결치고 사소한 계기로도 세계를 비관한다. 홀로 술을 마시며 삶을 추억하고 눈물을 흘린다. 그는 진실로 삶이 슬픈 것이다. 이것은 진

진정성과 감정 포르노

진정성이라는 것은 감정이나 생각을 직접적으로 드러내는 것과는 관련이 없다. 진정성과 솔직한 것과 노골적인 것을 구분하지 않으면 인간의 감정도 사유도 행동도 이해되지 않는다. 진정성은 자신의 감정이나 생각으로 과포화된 상태가 아니기 때문이다.

과정으로서의 진정성

하이데거가 시의 본성을 설명하면서 도입한 개념이 '본래성' 즉 '진정성authenticity'이다. 어떤 외부에 의해 규정되거나 좌지우지되지 않는 상태. 내가 나 자신인 상태.

하지만 그것은 '상태'라기보다는 '과정'의 이름이라고 생각해야 하지 않을까? 정태적인 것이 아니라 끊임없는 유동성 속에서만 존재하기 때문에.

감동

정성일에 따르면, 파스빈더는 이렇게 말했다고 한다. 내 영화를 보고 사람들이 감동받았다고 말할 때, 나는 내가 실패했음을 느낀다.

그렇다. 어떤 예술가들에게 '감동'이란 결코 긍정적인 표식이 아니다. 왜냐하면 그들에게는 처음부터 독자와의

'일치'나 '동조화'가 목적이 아니었기 때문에.

진짜 배우

한 배우가 인터뷰에서 이런 말을 한 적이 있다. *친척의 장례식장에서 눈물을 흘리면서, 이걸 연기할 때 써먹어야 겠다고 생각하는 배우는 죄책감을 느낄 수밖에 없다.*

과연, 그는 프로페셔널한 배우의 딜레마를 정확하게 지적했다. 우리는 여기서 더 나아가 이렇게도 생각할 수 있지 않을까? 장례식장에서 '진짜 눈물'을 흘릴 때 본능적으로 부자연스러움을 느끼는 배우야 말로, 진정한 배우라고.

아이러니

아이러니가 현대의 미학일 수 있는 것은, 그것이 손쉽게 '진정성'과 '감동'을 허용하지 않기 때문일지도 모른다. 정신과 영혼의 진창을 두려워하지 않기 때문일지도 모른다.

하지만 어떤 경우에도 작가는 아이러니를 알리바이로 삼아서는 안 된다. 해탈을, 무의미를, 부정성을, 존재의 알리바이로 삼아서는 안 되는 것과 마찬가지로.

살바도르 달리와 천재

나는 미치광이인 척하는 사람이다.

살바도르 달리의 말은 어딘지 치기만만하면서도 묘한 느낌을 준다. 그 자신이 이어서 다음과 같이 부연했을 때, 그는 진실의 일단을 붙잡았다.

"오, 살바도르, 진실을 알았구나. 천재인 척 행동하면 천재가 된다는 것을."

예술의 수행성

이것은 수행성performativity의 한 사례일 수 있다. 미치광이라고 '선언'하는 것이 미치광이가 되는 '효과'를 발생시킨다는 것. 끊임없이 자신을 규정하고 설명함으로써 실제로 그런 '효과'를 발휘한다는 것.

하지만 살바도르 달리는 또 이렇게 말한 적이 있다.

미친 사람과 나의 유일한 차이점은, 내가 미치지 않았다는 바로 그 점입니다.

클림트가 무릅쓴 것

아르누보의 화가 클림트를 지나치게 장식적이라는 이유를 들어 비판할 수는 없다. 클림트가 이미 무릅쓴 것이 바로 그것이기 때문이다. 클림트에 대해 말하기 위해서는 더 깊은 곳으로 들어가지 않으면 안 된다. 화려한 디테일과 장식적인 외양, 그 피상성의 더 깊은 내부로. 장식성과 피상성이, 장식적이고 피상적이기 때문에, 심연을 창안하는 곳으로.

조지아 오키프의 꽃

조지아 오키프는 집요하게 꽃을 그렸다. 그의 꽃은 확실히 꽃이며, 거부할 수 없이 꽃이다. 하지만 이 화가의 꽃을 물끄러미 바라보고 있으면, 결국 그런 생각이 든다. 아니 그런데, 그러니까, 이 사람이 그린 건 대체 무엇인 것일까?

꽃의 해방

꽃을 무한 반복하여 발음하고 있으면 결국 꽃의 의미를 잃게 된다. 꽃이라는 것이 무엇인지 모르게 된다. 어쩌면 조지아 오키프의 꽃이 행하는 것 역시 그와 유사한 것인지도 모른다. 꽃의 이미지를 무한 반복함으로써 '꽃에서 해방된 꽃'을 보여주는 일.

오브제가 아닌 상태

미적 대상, 미적 오브제는 '오브제가 아닌 상태'와 어디까지 뒤섞일 수 있는 것일까? 또는 어디까지 뒤섞여야 하는 것일까? 오브제가 이미 오브제가 아닌 상태라면 그것은 곧 자연의 상태, 삶의 상태, 실재의 상태가 아닌가? 그곳에서 예술이 종말을 맞이한다면, 예술에 그보다 더 과분한 영광이 있는 것일까?

스파클호스

내게도 최애라고 할 만한 뮤지션이 있었다. 미국의 인디 밴드 스파클호스. 리더인 마크 링커스는 2010년 봄 권총 자살했다. 48세였다. 그가 남긴 마지막 앨범의 제목은 「영혼의 어두운 밤Dark night of the soul」이었다.

영혼의 밤

나는 이 앨범의 제목을 낭만주의 시대의 표준적이며 상투적인 구호였던 '영혼의 밤의 측면The Night Side of The Soul'과 동일시하고 싶지 않다. 마크 링커스는 낭만주의자가 아니었다. 그렇다고 생각한다.

'영혼의 밤의 측면'이라는 낭만적 수사는 이성과 논리를 부인하고 무의식과 욕망과 열정을 찬양하기 위한 비유적 클리셰였다. 하지만 마크 링커스의 '영혼의 어두운 밤'에는 어떤 비유적 의미도 포함되어 있지 않다. 그것은 물질적인 어둠이라고 해야 할 무엇을 환기시킨다. 나로 하여금 그렇게 생각하도록 만든 것은 음악의 물질적인 힘 자체이다. 음악에는 비유가 없다.

소설의 이론

"오 사랑하는 친구여, 모든 이론은 잿빛이고/인생의 금
빛 나무는 초록빛이라네." 이 유명한 문장은『파우스트』
(1831)에 나오는 것이지만, 이 말은 작가 괴테의 말도 아
니고 주인공 파우스트의 말도 아니다. 이것은 악마의 말
이다. 이론은 잿빛이고 삶은 초록빛이라는 유명한 잠언은
신뢰할 수 없는 악마의 말인 것이다.

그렇다. 이론이 잿빛으로 보이는 것은 이론의 탓이 아
니다. 바라보는 자의 시선이 이론의 생명력에 닿지 못한
탓이다. 인생의 나무가 잿빛일 때, 오로지 이론만이 초록
빛일 수도 있다. 이를 지적한 것은 독일의 이론가 헤르나
디P.Hernadi였다. 그는 이 내용을 프란츠 슈탄젤의 책 서문
에 적었는데, 그 책의 제목은『소설의 이론』(1979)이었다.

형식과 내용

네벨학파 시절, 바흐친과 그의 젊은 동료들은『마르크
스주의와 언어철학』(1929) 등 당시로서는 미지의 영역이
던 분야를 적극적으로 탐구했다. 막 출범한 사회주의 러
시아에서 마르크스주의 연구의 새로운 영토를 개척한 셈
이다.

물론 당대의 '공식 문학official literature'은 그런 주제를

권장하지 않았다. 주류 사회가 권장하던 관심사와는 먼 곳으로 나아간 덕분에, 바흐친은 '다성악' '대화주의' '카니발' 등 창의적 패러다임을 구성할 수 있었다. 후일 서구의 연구자들은 바흐친을 '후기 형식주의자post-formalist'로 분류하지만, 형식주의를 '재료 미학'으로 규정하며 가장 깊은 곳에서 비판했던 이도 바흐친이었다. 그러니 이때의 '후기post'란 당연하게도 '탈脫'의 의미로 해석되어야 한다.

그러나 확실히 바흐친만큼 '형식에 대한 감각'을 갖춘 이론가도 드물었다. 바흐친이 도스토옙스키의 소설에서 작가 자신도 감지하지 못한 내재적 구성 원리를 찾아냈을 때, 그는 '형식'이라는 것이 단순한 장식, 기교, 장르 규범이 아니라는 것을 알고 있었다. 그에게 형식은 인간관과 세계관이 작동하는 물질적 장소 자체였다.

구분되지 않는 것

바흐친은 문학의 존재 형식과 세계의 존재 형식 사이의 복잡다단한 관계를 창의적으로 조명한 소수의 비평가 중 한 명이었다.

가령 '권위authority'라는 개념. 바흐친은 이 단어를 문장의 통사론 차원에 적용한다. '권위'란, 목적어를 지배하는 주어의 자기 환원적인 속성을 뜻하며, 동시에 문장의 차원에서 '나'와 '타자'의 위계를 설명하는 언어학적 개념 도구가 된다. 바흐친은 여기서부터 문학과 세계의 존재론으로 나아가는데, 이 경우 언어적 층위의 '권위'가 형식에 속하는지 내용에 속하는지 결정하기는 쉽지 않다.

이는 프랑코 모레티가 『근대의 서사시』에서 말한 "켄타우로스적 비평가"를 떠오르게 한다. "반쯤은 '어떻게how'를 다룰 줄 아는 형식주의적 비평가이고 또 반쯤은 '왜why'를 다룰 줄 아는 사회학적 비평가."*

모레티의 이 표현은 '어떻게'와 '왜'의 단순하고 기계적인 결합처럼 읽힐 소지가 있다. 하지만 바흐친이 문장 형식과 세계 인식 사이를 넘나들 때, 저 '어떻게'와 '왜'는 구분되지 않는다. 그것들은 유기적으로 얽혀들어 하나의 몸을 이룬다.

수집광과 메모광의 에크리

벤야민과 바흐친, 20세기의 두 철학자/비평가는 여러 측면에서 흥미로운 비교 대상이다. 벤야민의 '수집가적 글쓰기'에 상응하는 바흐친의 방법론은 '메모광의 글쓰기'라 할 만하다. 1950년대 이후 바흐친의 주요 저작들은 일종의 '메모' 형식으로 남아 있는데, 그 글들은 끊임없이 사유의 점이지대를 만들면서 불연속적으로 나아가는 아라베스크의 문양에 가깝다. 바흐친이 가장 왕성한 활동을 보인 것은 소비에트 체제의 안정기가 아니라, 아직 혁명

* 프랑코 모레티, 『근대의 서사시』, 조형준 옮김, 새물결, 2001, p. 25.

의 순정한 열기가 남아 있던 1920년대와 1930년대의 혼란기였다. 레닌 사후 소비에트 체제가 급격히 보수화되고 국가사회주의의 유토피아적 청사진이 일종의 도그마로 작동하던 50년대 이후가 되자, 바흐친은 더 이상 글을 쓰지 않는다. 바흐친이 남긴 것이라고는 수많은 메모들뿐이었다.

벤야민 역시 『일방통행로』(1928) 등을 통해 수많은 파편적 단상들을 남겼다. 새물결에서 2007년에 출간된 번역서에는 '사유의 유격전을 위한 현대의 교본'이라는 부제가 붙어 있는데, '유격전'이라는 것은 이 책이 파편적 글쓰기의 모음인 것과 관련이 있다. 이는 슐레겔이 글을 쓰던 낭만주의 시대 이후 유럽 지식인들에게 일반화된 '에크리' 형식이라고도 할 수 있다.

벤야민과 바흐친의 문장

벤야민과 바흐친의 가장 중요한 글은 주로 1920년대와 30년대에 씌어졌다. 바흐친의 문장은 결론을 향해 일직선으로 치닫는 대신, 단편적 아이디어를 나열하면서 복잡한 나선형 원환을 그리며 나아간다. 벤야민의 문장은 모호한 문장의 집적 속에서도 "스스로를 완전히 소모하지 않되 자신이 지닌 힘을 집중된 상태에서 그대로 유지"(헤로도투스에 대한 벤야민 자신의 표현)하는 것으로 느껴진다.

두 사람의 문장은 마치 문장을 통해서 존재와 생각과

세계를 매만지며 나아가는 느낌을 준다. 그들은 공히 인간의 정신과 언어가 지닌 한계를 잘 알고 있었다. 동시에 두 사람은 그 한계를 고정시키거나 절대화하지 않았다.

왼손

벤야민은 "결정적인 일격은 항상 왼손으로 날린다"(『일방통행로』)고 적은 적이 있다. 벤야민 자신은 이 구절에 대해 "즉석에서 해야만 강한 힘을 발휘한다"라고 부연했지만, 수전 손택은 이 문장을 "명백해 보이는 해석에 저항하는 것"이라고 바꾸어 이해했다. 저 왼손left은 확실히 바른손right의 반대말이며, 바른손이란 곧 '명백히 지당하고 안전하며 관습적인 해석'이기도 할 것이다.

동시에 저 '왼쪽'은 정치적 좌파the left의 은유는 아닐는지? 그는 보들레르, 카프카, 프루스트 등 '모더니스트들'에 관한 글을 저 '왼손'으로 썼다.

신이 아니라 신의 자리를 사유하기

"벤야민에게는 '초현실적인 것'이 많이 섞여 있기 때문에 쓸데없이 학문적 일관성의 잣대를 들이대지 말아야 한다."

이렇게 말한 사람은 하버마스였다. 이때 '초현실적인 것'은 명백히 '신학적인 것'과 통한다. 벤야민에게 세계를 구성하는 무한한 파편과 알레고리는 텅 빈 '진리=신'의 자리를 비추는 불규칙한 거울이었다. 신은 그 거울에 비추어지지 않고 다만 자신의 존재를 암시할 뿐이다.

벤야민의 이러한 사유에는 특히 독일의 낭만주의 철학자 슐레겔의 그림자가 어른거린다. 세계를 '일자' 또는 '무한자'에 대한 알레고리적 암시로 이해하는 슐레겔의 사유는 낭만주의의 출발점으로서 소위 신플라톤주의적 탐구의 맥락 안에 있다. 실제로 벤야민의 학위 논문은 「독일 낭만주의의 예술 비평 개념」이었다.

벤야민에게 슐레겔의 낭만주의적 '무한자'가 있었다면, 바흐친에게는 정교회의 부정신학negative theology이 있었다. 신의 존재는 인간의 언어로는 이해도 설명도 불가능하다는 것. 그러므로 신에 대해서는 '~이 아니다'라는 부정의 방법으로만 접근할 수 있다는 것.

바흐친에게 스며 있는 신학적 사유는, 유한한 인간의 말들이 악무한에 빠지지 않도록 만드는 최후의 방어기제로 기능하는 것 같다. 바흐친에게 말들의 대화와 투쟁은 미래의 '초월적 수신자'의 자리를 전제로 가능한 것이었다. 초월적 수신자. 보이지 않는 궁극적 독자. 진리 또는 신.

벤야민에게 영향을 미친 슐레겔은 『초월 철학 강의』에서 이런 말을 한 적이 있다. "물론 무한자는 허구이다. 그러나 전적으로 필요한 허구이다." 그러니 이렇게도 말할 수 있지 않을까? 벤야민과 바흐친에게 신학이란, '신 자체'가 아니라 '신의 자리'를 사유하는 것이라고.

2-4. 삶, 자유, 정치

✕ 자기 앞의 생 ✕

사랑

에밀 아자르의 『자기 앞의 생』에 나오는 한 대목.

> "할아버지, 사람이 사랑 없이 살 수 있어요?"
> "그렇단다."
> 할아버지는 부끄러운 듯 고개를 숙였다.[*]

여기서 가장 인상적인 부분은 저 "부끄러운 듯"인 것 같다. "그렇단다"와 "부끄러운 듯 고개를 숙였다"라는 두 개의 문장 사이에서, 흘러가는 삶.

다시 사랑

같은 책의 또 다른 한 대목.

---

[*] 에밀 아자르, 『자기 앞의 생』, 용경식 옮김, 문학동네, 2003, p. 13.

"그래, 그래, 정말이란다. 나도 젊었을 때는 누군가를 사랑했었지. 그래, 네 말이 맞다, 우리……"

"모하메드요, 빅토르가 아니구요."

"그래, 그래, 우리 모하메드야. 나도 젊었을 때는 누군가를 사랑했어. 한 여자를 사랑했지. 그 여자 이름이……"

그는 입을 다물었다. 깜짝 놀라는 것 같았다.

"……기억나지 않는구나."**

생생한 삶. 하지만
기억나지 않는 삶.
잔인한 삶.

약점

카뮈의 소설 『전락』의 주인공은 다음과 같은 고백을 남겼다.

단도직입적으로 말해, 나는 삶을 사랑합니다.
이것이 바로 진정한 내 약점이지요.***

** 같은 책, p. 304.

*** 알베르 까뮈, 『전락』, 유영 옮김, 창비, 2012, p. 75.

위 문장과 반대의 의미라고 할 수 있을까? 니체는 『차라투스트라는 이렇게 말했다』에 아래와 같은 문장을 적어 놓았다.

"나는 사랑한다. 상처를 입어도 영혼의 깊이를 잃지 않으며 작은 체험만으로도 멸망할 수 있는 자를."[*]

하지만, 어쩌면, 위의 두 문장은 같은 의미인지도 모른다. 그렇다고 생각하기로 하자.

고유한 삶

삶은 누구에게나 고유하다. 고유하다는 것은 대체 불가능하다는 뜻이다. "하늘 아래 새로운 것은 없다"는 말도 있지만, "같은 강물에 두 번 들어갈 수 없다"는 고대 철학자의 말도 있다. 이 둘은 서로 모순되지 않는다. 다른 각도에서 둘 다 옳은 말이다. 어떤 측면에서 우리는 과거의 인간들이 살았던 삶을 반복하면서 동시에 전례 없는 삶을 살아가고 있다. 그 자체로 대체 불가능하며 새로운 삶을.

---

[*]   프리드리히 니체, 『차라투스트라는 이렇게 말했다』, 서곡 4절.

그 동물의 이름

만일 인간이 다시 동물이 된다면, 그의 예술, 사랑, 놀이 또한 다시 순수하게 '자연적인' 것이 될 것이다. 따라서 역사의 종언 이후에는 인간들이 건축물과 예술작품을 짓는다고 해도 그것은 새들이 둥지를 짓고 거미들이 거미줄을 치는 것과 같은 것이 된다. 그것은 개구리와 매미처럼 콘서트를 열고 새끼 동물처럼 노닐고 다 자란 짐승들이 성애에 탐닉하는 것과 같은 것으로 이해되어야 할 것이다.

철학사의 유명한 동물 가운데 하나가 위의 문장에 나와 있는 코제브의 '동물'이다. 아즈마 히로키는 코제브의 '동물'을 빌어 현대 일본의 문화를 '동물화하는 포스트모던'이라고 명명한 바 있다.

이 '동물'은 '부정성negativity'의 상실을 특징으로 삼는다. 동물들은 '자연' 속에서 자연의 일부로서 본능에 순응하며 살아갈 뿐, 대상을 대상화하고 인지의 역학 속에 위치 짓고 의미를 생성하지 않는다. 현대인은 자본주의라는 유일한 '자연' 속의 동물과 같다. 상품이라는 '자연' 속에서 살아가는 이 동물의 이름은 '소비자'이다.

✕ 자유민주주의에 대한 메모 ✕

자유민주주의의 역설

 *자유민주주의*의 적은 *자유민주주의*이다. 자유주의와 민주주의는 서로 배타적 적대적 영역을 점유한다. 자유주의의 과잉은 민주주의를 훼손시키고, 민주주의는 때로 자유주의를 제어함으로써만 작동한다. 자유주의와 민주주의의 화해 불가능한 대립상. 이것을 샹탈 무페는 '민주주의의 역설'이라고 표현했다.

자유민주주의를 넘어서

 '자유민주주의'가 배타적 가치가 될 때 '자유'와 '민주'는 훼손된다. 많은 경우 '자유'가 '민주'를 훼손하고, '민주'는 '자유'를 적대시하게 된다. 때문에 자유민주주의는 다른 종류의 다양한 '민주주의들'에 의해 끊임없이 교정되고 보완되고 제어되지 않으면 안 된다. 경쟁 관계에 있는 다양한 민주주의 모델들이 '생산적 적대성'을 갖는 것. 그것이 다원적 민주주의의 목표이다.

 가령 자유민주주의는 기업할 '자유'를 제어하는 경제민주주의를 통해서, 복지와 평등을 중시하는 사회민주주의를 통해서, 간접성을 보충하는 직접민주주의를 통해서, 궁극적으로는 경합적·다원적 민주주의(샹탈 무페) 시스템을 통해 보완되고 보충되지 않으면 안 된다.

적대적 공존

적대적 공존은 세계의 원리이다. 여당과 야당이, 남한과 북한이, 한국과 일본이, 미국과 중국이, 상대를 비난함으로써 내부의 갈등을 무마하고 자신을 보존한다는 것. 이것은 현대 사회의 기본 원리이다.

적을 만듦으로써 나를 지속시킨다는 것. 적을 추악한 존재로 만듦으로써 우리 편을 강화한다는 것, 외부의 위협을 과장함으로써 내부의 결속을 도모한다는 것.

괴물

자신을 비판하는 목소리를 제거하고 숙청했던 권위적 사회주의와 달리, 자본주의는 자본주의를 비판하는 목소리를 교묘하게 자신의 체제 내부로 편입시켰다. 수많은 자본주의 비판서들, 「기생충」을 비롯한 문화 텍스트들은 자본주의 원리 안에서 이윤창출에 기여함으로써만 유통이 가능하다. 이것은 자본주의가 20세기 냉전의 승자가 된 비결 중의 하나인지도 모른다.

비판을 오히려 자기 지속을 가능하게 하는 은밀한 조건으로 활용한다는 것. 적의 에너지를 받아 더 강해지는 만화 속의 괴물과 같이.

해롤드 호텔링 게임

해롤드 호텔링 게임은 경제학자 해롤드 호텔링이 제시한 것이라고 한다. 이런 것이다.

길이 100미터의 해변에 아이스크림 가게를 두 개 세울 수 있다. 당신이 가게를 내려고 하는데, 경쟁자 역시 가게를 내기로 한다. 어느 위치에 가게를 세워야 경쟁자보다 더 많은 손님을 끌 수 있을까?

해변에 오는 소비자 입장에서 보면, 해변 양쪽 끝에서 25미터 지점에 각각 가게가 있는 것이 합리적이다. 어디서 출발하든 가게까지의 거리가 가깝기 때문이다.

하지만 결과적으로 두 가게는 해변 한가운데 붙어서 세워질 수밖에 없다. 상대가 더 넓은 해변을 점유하지 못하도록 하기 위해서는 결국 가운데를 차지해야 하기 때문이다. 두 가게는 점점 더 가운데로 이동하고, 결국 한가운데 별다른 거리 없이 붙어 있게 된다. 그게 해롤드 호텔링 게임의 결론이다.*

이것을 정치 지형에 대입하면 중도 거대 정당들의 위치를 가늠할 수 있다. 양당제가 일반적인 이유도 이해할 수 있다. 유권자의 정치적 입장이 어디에 있든(!) 정당이 가

---

* 해롤드 호텔링 게임에 대해서는 가와니시 사토시, 『게임이론의 사고법』, 김규태 옮김, 에쎄, 2010 참조.

운데 있으면 상대적으로 다수의 대중을(표를) 수용할 수 있기 때문이다.

양쪽 끝은 대체로 소수의 유권자만이 관심을 갖게 된다. 극단이란 현재의 시스템에 대한 급진적 변화를 요구하는 것이고, 대중은 그런 변화에 언제나 본능적으로 거부감을 느낀다. 예외적 고양의 시기를 제외한다면, 일반적으로 유권자들은 불확정성과 예측 불가능성을 피하려는 경향이 있다. 집단으로서의 대중은 일시적으로 혁신적일 수 있지만 기본적으로는 보수적이다. 위험을 회피하려는 본능이 작동하기 때문이다.

대중이 어리석기 때문일까? 그렇지는 않은 것 같다. 여기에는 무의식적인 삶의 경험이 내재해 있다. 대중은 변화를 통해 얻을 수 있는 플러스와 마이너스를 본능적으로 저울질한다. 변화가 초래할 불편이나 부작용에 비해 얻을 수 있는 가치와 이익이 불확실하다고 판단되면, 움직이지 않는다.

그래서 정치는 '조정게임(coordination game, 동조화 게임)'이 되어버린다. 사람들은 더 많은 사회 구성원들이 있는 곳에 자신의 위치를 정하는 것이 상대적으로 안전하다고 판단한다. 혹시 있을지도 모를 위험으로부터 자신을 지키는 길이라고 생각하는 것이다. 이렇게 해서 '대마불사'는 사회의 기본 원리가 된다.

이런 행동은 전체 구조의 '안정성'에 기여하는데, 이 안정성은 그 사회의 상대적 보수성으로 귀결된다. 게임이론의 관점에서 보면, 다수결 선거제 아래서 집권은 언제나 중도적 정당만이 가능하다는 결론이 나온다. 중도 거대 정당의 존재는 불가피한 것이 된다.

게임이론, 사회심리학, 진화심리학

게임이론에 기반을 둔 이러한 접근은 대체로 보수적인 결과로 수렴된다. '가치'와 '진리'의 문제를 제외한 뒤 현상을 요소들의 역학 관계, 게임 플레이, 역할놀이로 환원시키기 때문이다. 게임이론에 의해 현상을 설명하는 순간, 불가피하게 보수적 편향성이 작동할 수밖에 없다.

사회심리학과 진화심리학도 유사한 위험에 노출되어 있는 듯하다. 왜냐하면 주체성의 영역과 변화의 영역이 최소화될 수밖에 없기 때문이다. 진화심리학은 성차나 성역할 등의 사회 현상을 과학적으로 검증이 불가능한 '사바나 원리'(수천 년 전 장구한 기간 동안 형성된 유전적·생리학적 요인)로 환원시켜 해석하고, 사회심리학은 현상을 집단의 심리적 요인들로 환원시켜 파악한다.

게임과 문학의 해변

하지만 정치는 게임이 아니다. 정치가 정치공학 또는 소위 '치안'의 차원에서만 이루어지는 것도 아니다. 원칙적으로 정치는 가치와 이념에 의해 작동되어야 한다. 게임에는 이런 의무 조항이 없다.

게임이론에 나오는 해변의 비유를 재활용한다면, 아마 우리는 '문학이란 무엇인가?'라는 상투적 질문에 대해 다른 각도의 답변을 얻을 수 있을 것 같다.

문학은 게임이론이 작동하지 않는 해변이라고.

아이스크림 가게가 없는 해변이라고.

문학의 해변에는 진짜 파도가 치고 구름이 떠 있고 수평선이 보인다. 사람들이 웃고 울고 물속을 헤엄치고 파도를 타고 조난을 당하고 구조를 기다리기도 한다.

이 해변은 해먹에 누워 한가로이 책을 읽으며 여가나 휴가를 보낼 만한 곳이 아니다. 그것은 차라리 폭풍우가 치는 해변에 가까울지도 모른다.

╳ 계급 공기, 계급 음료수 ╳

계급문학

김동인의 유명한 진술: "계급 공기, 계급 음료수라는 게 존재할 가능성이 없듯, 계급문학이란 것도 존재하지 못할 것이다."

그런데 계급 공기, 계급 음료수는 이미 우리의 삶이 아닌가? 생활환경과 식생활은 철저하게 계급적으로 나뉘지 않는가?

계급은 삶에서 사라진 적이 없다. 역사 속에서 계급이 사라진 적이 없기 때문에, 문학에서도 계급은 사라진 적이 없다. 모든 문학은 언제나 계급문학이었다.

중산계급의 문학

불특정 다수의 '독자'가 출현한 뒤, 근대 이후의 문학은 기본적으로 중간계급의 문학이었다. 다른 말로 하면 근대 이후의 문학은 온전히 지배계급의 것이었던 적이 없고, 온전히 노동계급의 것이었던 적이 없다.

거칠게 단순화하자면, 19세기 리얼리즘 문학은 대개 중간계급 식자층의 사회 관찰기였으며, 20세기 초의 전위적 문학은 중간계급 청년들의 미적 자의식의 산물이었다. 심지어 사회주의 리얼리즘 역시 노동계급의 문학은 아니었다.

사회 발전 단계와 계급 분화, 그리고 글쓰기라는 일의 특성을 참조할 때 이것은 불가피한 일이었는지도 모른다.

계급과 출신 성분

문제는 문학의 계급성에 속류 사회학적 방식으로 접근하는 경우다. 가령 텍스트를 사회 변화의 단순한 반영으로 사유하는 경우, 일부 구절을 인용한 후 곧바로 사회학 서적의 인용문으로 비약하는 경우, 작가의 출신 성분을 소환하여 매개 없이 텍스트를 규정하는 경우 등등.

작품과 작가에 대해 '프롤레타리아적' '부르주아적' '프

티적'이라는 수식어를 남용했던 초기 사회주의 리얼리즘
이 그 사례가 될 수 있다. 도스토옙스키의 문학을 소위 '잡
계급인' 또는 '중간계급'의 문학이라고 규정하는 것은 쉽
지만, 그것으로 우리가 알 수 있는 것은 생각보다 많지 않
다. 톨스토이의 소설을 '귀족 소설'이라고 규정하는 것은
흥미롭지만 여전히 앙상하고 빈곤한 접근법이다.

약자의 편

문학이 약자의 편이라는 말은, 당연한 것 같지만 실은
무서운 말이다. 경우에 따라 그것은, 팩트가 아니라 이념
을 따른다는 말일 수도 있기 때문이다. 가령 약자가 거짓
과 불의를 저질렀다면? 약자가 억압과 폭력의 주체일 때
는? 그래도 문학은 약자의 편이어야 하는 것일까?

그렇다. 그래야 한다고 나는 생각한다. 당연하게도 이
것은 거짓과 불의, 억압과 폭력을 옹호해야 한다는 뜻이
아니다. 거짓과 불의, 억압과 폭력은 그가 '약자임에도 불
구하고', 아니 '약자이기 때문에' 더 엄격하게 거부되어야
한다. 약자의 폭력과 불의를 약자라는 이유로 용인하는
것은 '저발전 사회의 정치투쟁' 분위기에서나 가능하다.

그러나 그럼에도 불구하고 그렇게, 문학은 약자의 편이
어야 한다. 어떻게? 약자의 입장에서 맥락을 복원하지 않
으면 안 된다. 그 거짓과 불의를 맥락 속에서 보지 않으면
안 된다. 단순히 '거짓'과 '불의'라고 규정하는 대신, 그것

들이 발생하고 그것들이 유통되는 맥락을 복원하는 일이 중요하기 때문이다.

맥락의 복원은 창작자에게 위태롭고 고통스러운 판단을 요구한다. 이 지점이야말로, 문학적 감각의 정치적 예리함이 심문되는 곳인지도 모른다.

시험과 시련

선량하고 정의로워 보이는 주류 진보주의자를 옹호하는 것은 쉬운 일이다. 그가 권력까지 갖고 있다면 더 말할 나위가 없다.

어려운 것은 거짓과 불의에 연루된 약자의 편에 서는 일이다. 그것은 일종의 '시험'이 된다. 이것은 '저를 시험에 들게 하지 마옵소서' 할 때의 바로 그 '시험'이다.

문학에 정치라는 것이 있다면, 이미 올바른 것으로 공인된 것의 올바름을 확인하는 일이 아니라, 스스로를 끊임없이 '시험'에 들게 만드는 일에 가까울 것이다. 거짓과 고통의 거울로 자신을 비추고, 자신을 그것에서 면제하지 않고, 그것을 대질하는 시험과 시련의 형식 속에서.

'약자의 편'에서 '약자의 것'으로

하지만 문학은 궁극적으로 '약자의 편'이 아니라 '약자의 것'이 되어야 한다. 이것은 경제적 계급 문제만이 아니라 인종, 젠더, 장애 등 수많은 정체성 이슈에 연루되었을 때 더더욱 중요하고 불가결한 문제가 된다.

╳ 우연과 필연, 그리고 ╳

우연의 광기

무서운 질문은 이런 것이다. 트로이 전쟁이 정말 파리스의 철없는 연정이 초래한 것이라면? 그 이면에 어떤 구조적 요인도 없었다면? 있다고 하더라도 파리스가 헬레네를 만나지 않았다면? 그래서 정말 전쟁이 일어나지 않았다면?

질문은 더 심각해진다. 세계대전도 그런 것이었다면? 1914년 6월 28일 사라예보에서 19세의 고교생 프린치프가 오스트리아 황태자를 향해 발사한 총알이 만일 불발탄이었다면? 역사의 흐름이 결정적으로 엇나갔다면? 그래서 1차 세계대전이 정말 일어나지 않았다면? 1차 세계대전이 일어나지 않았으므로 당연히 2차 세계대전도 일어나지 않았다면?

역사에 가정은 필요 없다고 말하기는 쉽다. 하지만 이 가정이 다 헛소리라고 치부하기는 어렵다. 무엇보다도, 우연의 광기를 역사에서 삭제하는 것은 너무 편한 해결책이 아닌가?

우연과 필연

종교는 모든 것을 '신의 의지'라는 필연으로 해석한다. 우연한 비극도 '신의 뜻'으로 받아들인다. 그것은 우리의 정신 건강에 긍정적으로 작용한다. 끊임없이 삶을 설명하면서 살아가야 하는 인간은 그래서 '운명'이라는 단어를 만들었다. 운명은 필연의 서사를 강화한다.

그런데 그 필연은 결국 우연의 나비효과에 불과한 것은 아닌가? 우연의 나비효과란 희극적이면서 동시에 두려운 것은 아닌가? 1914년 사라예보에서 황태자를 살해한 고교생의 이름은 프린치프였다. 프린치프는 '원리' 또는 '원칙'이라는 뜻이다. 이 이름은 마치 사소한 우연인 듯 우리에게 '신의 원리'를 환기시킨다.

선의 평범성

흔히들 '악의 평범성'(아렌트)은 '무사유'와 '사유의 결여'가 낳은 것이라고 말한다. 하지만 엄밀히 말해서 그것은 '사유'의 문제라기보다는 '관례와 관습과 상황'의 문제가 아닌가. 보이지 않는 시스템의 문제가 아닌가.

인간 개개인의 사유와 의지와 기질은 특정 맥락에서 작동하는 제한적 변수들 가운데 하나일 뿐이다. 그렇다면 '악의 평범성'은 인간이 자신에게 주어진 상황과 맥락과 정보에 의해 지배되고 자발적으로 순응하는 존재라는 의미 외에 다름 아니다.

그러니까 반대로 '선의 평범성'이라는 말도 가능할지 모른다. 선한 의지조차 시대의 분위기와 상황과 영향과 더 나아가 주어진 사회적 코드의 산물이라면 어떨까? 너무 비관적인가?

이 지점에서 중요한 것은 저 비관을 넘어서서 다른 종류의 질문으로 선회하는 것이다. 어떻게 '악의 평범성'을 막아내고 '선의 평범성'을 유포할 것인가? '선의 평범성'을 위한 시대적 분위기와 상황과 영향과 코드를 생성할 것인가?

'역사의 간지'를 넘어서

그렇다면 우리는 대체 왜 쓰고 왜 말하고 왜 행동하는가? 인간의 목소리와 인간의 의지와 인간의 행위를 모두 상황과 맥락의 산물로 기각시킬 거라면 왜 쓰고 말하고 행동하는가? 인간은 언제나 '역사의 간지' 또는 '이성의 간지'의 소모품이자 희생양인가? 그런 거라면 시나 소설을 왜 쓰고 있는가?

답은 의외로 간단할 수 있다. 바로 그 관례와 관습과 상황과 맥락 자체가, 인간의 목소리와 인간의 의지와 인간 그 자체로 포화되어 있기 때문에. '역사의 간지'와 '이성의 간지'란 인간의 목소리와 인간의 의지와 인간 행동의 집합적이며 역동적인 작용 외에 다른 것이 아니기 때문에.

역사의 간지는 없다

아도르노가 말하듯이, 역사의 간지는 없다. 그것은 역사철학이 역사의 목적과 필연성을 강조함으로써 자신을 보존하기 위해 발명한 허구일 뿐이다.

링컨

스필버그의 영화 「링컨」(2012)에서 아직 노예해방 준비가 안 됐다는 민주당원에게 링컨이 말한다.

우리는 평화에도 준비가 안됐어요. 많은 게 준비가 안됐지요. 그래도 즉시 그걸 해야 합니다.

장기 지속

'역사'는 정치권력의 표면적 변화 이면에서 지속되는 삶과 생활 구조의 변화를 의미하고, 그것을 의미해야만 한다.

사람들의 삶과 생활은 서서히, 끈질기게, 전진과 퇴보를 반복하며, 나아간다. 정치적 혁명조차 실은 이러한 무한한 나아감의 일부이자 계기일 것이다.

'혁명'과 '해방'이라는 낭만적 수사학은 언제나 '장기 지속'(페르낭 브로델)과 함께 읽어야 한다. 가장 아래로부터 서서히 변하는 것들을 전제로, 예기치 않게 배제되고 사라지는 존재들을 경시하지 않고, 무엇보다도 혁명과 해방 이후에도 끝나지 않을 지옥의 풍경을 상상하며.

성스러운 무지

예수 그리스도는 죽어가면서 자신이 종교의 역사를 다시 쓰고 있다는 것을 알았을까? 인간 예수는 아마도 그렇지 않았을 것이다.

그런데 이 무지야말로 성스러움의 조건은 아닐까? 만일 예수가 그것을 미리 알고 있었다면, 그는 자기 자신이 모종의 완결적 의미의 일부라는 사실을 선취하고 있었던 셈이 된다. 그것은 성스러움과는 거리가 멀 것인데, 왜냐하면 이미 외부의 결괏값으로 주어진 것을 수동적으로 수행한 것에 다름 아니기 때문이다.

그러므로 성스러운 육체란, 무지한 육체이다. 자신이 정확히 무엇을 하는지 모르되 본능적으로 '바로 그것'을 수행하는 육체.

3. 에크리, 또는 장소들

3-1. 동물원

1.

그 동물원에는 김수영이 길고 유연한 팔을 휘두르며 나무를 타고 있다. 영락없는 긴팔원숭이다. 옆 칸에는 얼룩소 새끼의 모습을 한 백석이 잉잉거리며 온갖 복잡다단한 음식들, 가령 송구떡이니 반디젓이니 도토리범벅이니 하는 것을 되새김질하고 있다. 박용래 나귀나 김종삼 낙타는 그 모양을 바라보다가 멀뚱멀뚱 먼 곳으로 시선을 돌릴 뿐이다. 김소월은 초식동물일 것 같지만 의외로 민첩한 고양잇과 동물인데 지금은 수풀에 들어가 낮잠을 자느라 보이지 않는다.

자기가 어떤 동물인지도 모른 채 부엉부엉 우는데도 정확하게 밤낮의 흐름을 맞추는 동물로 임화가 있다. 서정주는 뱀이라든가 새가 틀림없을 것 같지만 실은 비버의 한 종류로 물속에 들어가 코만 내놓고 아직도 정교한 집을 짓고 있다. 이상의 꼬리는 너무 길어서 다른 동물들이 자기 꼬리라고 착각하고는 정성스럽게 핥는 일이 종종 있다. 이 꼬리의 몸통을 보기 위해 따라가보면 동물이 아니라 식물을 만나게 되는데, 그 식물의 가지가 동물원 천장을 뚫고 밤하늘까지 자라 있는 것을 보게 된다. 그 가지 끝에는 아마도 소설을 쓰는 다른 별의 동물 몇 마리가 어슬렁거리며 이쪽으로 건너오고 있을지도 모른다.

2.

동물원에 대한 내 유년의 기억은 창경원에서 시작된다. 기억 속에서 창경원의 동물들은 크고 완강하고 격렬했다. 동물들의 벌린 아가리와 무엇이든 찢어발길 수 있는 이빨과 그 이빨에서 떨어지는 길고 굵은 침을 아이는 잊지 못했다. 이상하게도 아이의 기억 속에는 작고 아담하고 귀여운 동물들은 한 마리도 없었는데, 작고 아담하고 귀여운 동물들에게도 아가리와 이빨과 침이 있었기 때문만은 아닐 것이다. 그것들이 동화나 애니메이션 속의 부드럽고 귀여우며 우호적인 존재가 아니라는 것, 끊임없이 인간을 경계하고 인간에게 적대적이며 인간이 섣불리 이해할 수 없는 먼 존재라는 것을 아이는 직감으로 알았다.

그랬다. 최초의 동물원은 아이에게 살아 있는 것들의 권태와 식욕과 발광과 탐욕 같은 것으로 각인되었다. 뇌리에 기록된 그 기억이 하도 맹렬하고 집요해서, 성균관대에서 창경궁을 지나 종로로 가는 버스에 앉아 있을 때마다 소년에게는 이런 생각이 떠오르는 것이었다. 그때의 그 동물들은 다 어디로 갔을까? 그들의 벌린 아가리와 무

엇이든 찢어발길 수 있는 이빨과 그 이빨에서 떨어지는
길고 굵은 침은 다 어디로?

3.

창경원은 1983년에 폐쇄되었다. 그곳에 동물과 동물원
은 더 이상 없다. 일제가 대한제국의 마지막 왕 순종을 길
들이기 위해 만든 것이 창경원이라는 것은 나중에 알았
다. 하지만 소년은 사라진 왕조의 역사보다는 슬픈 동물
들의 역사 쪽에 더 관심을 보였다. 창경원의 동물들은 과
천으로 이송되었다고 했다.

이후 그는 많은 동물원에 갔다. 살아 있는 생물들을 가
두고 사육하고 전시하는 동물원은 없어지는 것이 마땅하
다고 생각하면서도 동물원에 갔다. 과천의 동물원과 광주
의 동물원과 파리의 동물원과 교토의 동물원에 갔다. 세
상은 넓고 동물원은 많았다. 광주에 거주할 때는 변두리
의 오래된 동물원을 자주 찾았다. 우치동물원의 낡고 단
조로운 풍경은 특히 비 내리는 평일 오후에 아름다웠다.
그곳의 기린이 하도 우아해서 그는 기린의 움직임을 홀린
듯이 바라보면서 차라리 기린이 아닌 다른 것을 떠올리고
는 했다.

4.

그가 아는 한 가장 무서운 동물원은 시베리아의 한 도시

에 있다. 시베리아 횡단열차의 중간 기착지인 그 도시는 아름답고 황량하고 차가웠다. 영하 27도의 거리를 헤매다 발견한 사설 동물원은 환기도 안 되는 좁은 실내 공간에 촘촘한 복도식 철창들로 이루어져 있었다. 300루블을 내고 입장하면 수많은 소형 동물들과 중형 동물들이 비좁은 철창에 갇혀 사육되는 풍경을 볼 수 있다. 원숭이, 뱀, 앵무새, 족제비, 악어, 표범 등 수백 종의 동물들이 옴짝달싹하기 어려운 폐쇄 공간에 갇혀 사육되는 중이다. 그들은 종 특성에 따른 구분 같은 최소한의 배려조차 받지 못한 채 탁한 눈으로 관람객들을 바라보고 있다. 거구의 사자 두 마리도 두 평 남짓의 우리에 갇힌 채 캬릉거리고 있다.

동물들이 내뿜는 살기와 독기와 허기와 자포자기가 좁고 더럽고 불결한 공간에서 지옥도를 이룬다. 그 사설 동물원에서 사람들은 좁은 복도에 다닥다닥 붙어 연명하는 동물들을 관람한다. 350루블을 내면 그 동물들을 사진으로 찍을 수도 있다. 동물원의 좁은 공간은 부모를 따라온 아이들의 비명과 외침으로 가득하고, 구관조와 원숭이 같은 동물들이 인간의 소음에 대항해 악전고투 중이다. 나머지 동물들에게는 포효할 힘조차 남아 있지 않은 듯하다. 사설 동물원의 동물들이 하는 일은 한 가지다. 그들은 열심히 죽어간다. 무력하게 죽어가고 집요하게 죽어간다.

동물들은 우리에게 '죽음'이라는 완고한 '외재성外在性'을 가르쳐준다고 말한 철학자가 있었다. 동물들은 맹렬하게 살아가고 맹렬하게 죽어간다. 우리의 '바깥'에서, 즉 우리가 알 수 없는 세계에서, 끊임없이 죽음이 발생하고 있다는 것을 가르쳐주려는 듯이.

하지만 사설 동물원의 동물들을 바라보고 있으면 그 철학자와는 반대로 생각하게 된다. 동물들은 우리에게 '죽음'이라는 완고한 '내재성內在性'을 가르쳐준다고. 동물들은 죽음이 어떤 방식으로 우리 삶에 '내재해' 있는지를 가르쳐준다고. 죽음이 이미 우리 삶에 깊숙이 스며들어 또아리 틀고 있음을 강렬하게 가르쳐준다고.

5.

동물들과 달리 식물들은 우리에게 무궁한 것을 가르쳐준다. 숲속의 나무들은 서로 연결되어 있으며 모든 것이 하나라고 말하는 듯하다. 숲이라든가 산이라든가 수목원 같은 곳을 거닐 때 우리는 개체를 초월한 감정의 풍요를 느낀다.

이것은 착시일까? 그럴 것이다. 동물들과 마찬가지로 식물들도 하나의 개체로 태어나 개화하고 싸우고 병들고 죽어간다. 하지만 우리에게 식물들의 공화국은 개별자의 생존 투쟁보다 상위에 있는 더 거대한 세계의 존재를 직관적으로 느끼게 만든다.

비유적 차원에서 식물성의 사유와 동물성의 사유를, 식물성의 감각과 동물성의 감각을 구분할 수 있다. 식물성의 사유는 대개 환원, 반복, 유기성을 근간으로 삼는다. 식물적 풍경 안에서 우리가 발견하는 것은 대개 정적인 사태, 세계의 단일성, 본질, 회귀 등이며, 만물을 감싸 안는 그윽한 포용의 이미지이다. 식물들은 대개 보이지 않는 통일된 전체를 환기하기 위해 우리 곁에 있는 것처럼 보인다.

동물들은 이에 반대한다. 동물들은 언제나 우리의 바깥에 있다. 동물들은 영원을 가르치는 대신 유한함과 필멸을 가르친다. 동물들은 개체성과 운동성과 생존 본능의 담지자들이다. 그들은 회귀하거나 반복하지 않는다. 그들은 태어나고 생존하고 사멸한다. 그들은 일회적인 종말을 향해 나아간다. 그들은 희로애락을, 오욕칠정을, 마침내 죽음의 불가피성을 우리에게 가르쳐주는 듯하다. 개체성과 생존 본능에 압도된 동물들은 통일된 전체 같은 것을 알지 못한다. 본능과 육체성과 타자성을 가르치기 위해 동물들은 인간의 시야로 들어온다.

식물성의 사유가 대체로 나와 너 사이의 거리와 경계를 무화시키고 인간의 비극과 고통을 치유하는 방향으로 움직인다면, 동물성의 사유는 화해와 공감을 말할 때조차 나와 너, 나와 세계 사이의 거리감을 전제한다. 동물들은 대개 비극과 고통을 그대로 안고 인간의 시선 속으로 들어온다. 동물들은 인간을 감싸 안지 않는다. 인간은 동물을 바라보고 동물도 인간을 바라본다. 동물과 인간의 시선은 무수히 교차하고 어느 지점에서는 반드시 어긋난다. 그 어긋남은 동물에게는 인간과 다른 동물의 세계가 있음을 환기시킨다.

사설 동물원에서 사육당하는 동물들을 물끄러미 바라보고 있으면, 동물의 고통이 곧 세계의 고통이라는 것을, 그 고통이 서서히 견딜 수 없는 분노에 가까워진다는 것을 수긍하게 된다. 사육당하는 동물들이 물끄러미 인간을 바라볼 때, 우리는 귀엽다거나 신기하다거나 무섭다거나 하는 인간의 감정을 그들에게 돌려주는 일이 얼마나 안이한 일인지를 천천히 깨닫게 된다.

6.

니체의 차라투스트라가 영원회귀에 대해 선언한 것은 공교롭게도 동물들 앞이었다. 차라투스트라는 이렇게 말한다. 만물은 소멸하고 만물은 새로 이루어진다고. 존재의 집은 영원히 스스로 세워진다고. 만물은 흩어지고 만물은 다시 만난다고. "그리하여 마침내 존재의 수레바퀴는 영원히 자기 자신에게 충실하다."

차라투스트라의 저 발언은 들뢰즈식으로 말하면 '차이와 반복'일 것이며, 『도덕경』식으로 말하면 천지불인天地不仁에 가까울 것이다. 세계에는 미리 정해진 본질 같은 것이 없다. 인간의 언어로 온전히 구획되지도 않는다. 그것은 끝내 인간화되지 않은 채, 무한한 차이 속에서 자신의 운명을 생성하고 반복한다. 동물들은 끊임없이 사라지고 죽어가면서 인간을 바라보고 있다. 그 거대한 아가리를 벌리고, 무엇이든 찢어발길 수 있는 이빨을 드러내고, 그 이빨에서 드디어 길고 굵은 침이 떨어지는 순간과 함께.

동물들은 영원회귀 속에서 모든 영원을 부수며 전진한다. 그들은 일회적으로 살아가고 일회적으로 죽어감으로써 역설적으로 영원에 동참한다.

[2017]

3-2. 문학의 집[*]

1.

　문학의 집은 겉으로 보기에는 2층으로 되어 있다.[**] 구조는 대체로 단출해 보인다. 1층은 거주자 중 다수가 이용하는 공간이다. 집의 분위기에 가장 큰 영향을 미친다. 여기에는 식탁도 있고 응접실도 있고 텔레비전도 있다. 대개 사회적이고 공동체적인 문제가 논의된다. 회의도 해야 하고 청소는 누가 해야 하는지도 정해야 한다. 예의도 필요하고 사회적 관계의 개선도 필요하다. 앞으로 집안일의 운용을 어떻게 해야 하는지, 나쁜 관례와 제도는 어떤 모델로 바꾸어야 하는지, 가부장제 같은 권력 구조를 어

[*] 　이 글은 일본 작가 가와카미 미에코의 비유에서 모티프를 얻어 쓴 것으로, 무라카미 하루키와의 대담에서 그녀는 문학을 이층 집에 비유한다. 1층은 가족이 모이는 장소로 사회적인 공통 언어를 사용하고, 2층은 개인적인 공간이며, 지하 1층은 사소설에 가까운 내밀한 방이라는 것이다. 가와카미의 매력적인 비유를 증축, 개축, 재건축한 것이 이 글이다.

[**] 　가와카미 미에코, 무라카미 하루키, 『수리부엉이는 황혼에 날아오른다』, 홍은주 옮김, 문학동네, 2018.

떻게 바꾸어야 하는지, 좀더 공평하고 올바른 사회 시스템은 무엇인지를 토의한다. 증축, 개축을 하거나 아예 집을 팔고 이사를 가는 건 어떨지 논의하는 곳도 이곳이다. 그러니 1층에 많은 사람이 모이고 많은 사람의 관심사가 집중된다. 당연한 일이다.

2층의 문학은 좀더 일상적이고 개인적이다. 침실이 있고 화장실이 있고 바깥을 물끄러미 바라볼 수 있는 창문이 있다. 책장에는 개인적으로 좋아하는 책들이 꽂혀 있다. 취향의 세계는 대체로 2층에 속한다. 친구나 가족 들이 2층까지 올라오기도 하지만 대개 사적이고 일상적인 이야기를 두런두런 나누고 돌아간다. 서로를 방해하지 않고 서로를 존중하려 애쓴다. 물론 이곳에서도 인간관계와 사회관계가 중요하고 공동체가 생겼다가 사라지기도 한다. 하지만 1층에서와 달리 그것들은 대체로 개인의 책임과 기질과 성정의 영역에서 발생하고 소멸한다. 거시적이고 체계적인 기획보다는 소소하고 구체적이며 정확한 것을 좋아하는 사람들이 이곳을 자주 찾는다. 1층에서 들려오는 크고 절박한 목소리를 의심하는 이들은 2층에 올라와서 내려가지 않는다. 하지만 1층과 2층은 긴밀하게 연결돼 있고 실은 분리되지 않는다.

지하 1층은 내밀한 사적 공간이다. 공유 가능한 취향 공동체와 접점이 없지 않지만 여러 면에서 매우 다르다. 아주 친한 친구나 손님이 이곳까지 내려오기도 하지만, 함께 술을 마신 후 돌아갈 때는 결국 각자가 된다. 그들은 대개 뒤를 돌아보지 않는다. 어깨동무를 하거나 악수를 나누지도 않는다. 지하이므로 바깥을 내다볼 창문도 없다. 단지 외부의 소리가 웅웅거리며 스며들 뿐이다. 이곳에서 시간을 보내는 이들은 자기 의견을 적극적으로 개진하는 편이 아니다. 대개 그들은 바깥에 무심하거나 무심한 척한다. 지하 1층에는 거울이 많다. 공기가 좋지 않은 것도 지하 1층의 특징이다.

지하 1층이 특정 개인의 공간이 아니라고 주장하는 사람도 있다. 은밀한 공유 공간이라는 것이다. 지상 2층과 사다리로 연결돼 있다는 소문도 있다. 하지만 밤낮을 가리지 않고 지하 1층의 방에서만 지내는 사람들이 있다는 것은 누구나 알고 있다.

지하 2층도 있다. 이곳에는 극히 일부의 사람들만이 내려갈 수 있다. 지하 2층은 어둡고 습하며 괴괴하다. 너무 침침해서 청소를 할 수도 없고 정리 정돈을 할 수도 없다. 사실 지하 2층의 내부가 어떻게 생겼는지를 아는 사람은 거의 없다. 불을 켤 수 없기 때문에 이게 뭐고 저게 뭔지 말로 설명할 수조차 없다. 이곳은 잠시 머물 수 있을 뿐, 지속 가능한 거주 공간이 아니다.

인간의 언어로는 분류하고 구분할 수 없는 것들이 기이한 식물처럼 무성하게 자라고 있다. 그것들은 식물이라기보다는 동물에 가까울지도 모른다. 어둠 속을 거니는 야

생동물의 형형한 눈빛을 보았다는 사람도 있다. 하지만 이곳에 내려가면 분비물이나 배설물 때문에 이상한 냄새가 나서 오래 견디기 어렵다. 지속적인 생활은 불가능하고 임시 체류만 가능하다.

그런데 어떤 이들은 자신이 이곳에서만 글을 쓸 수 있다고 주장한다. 특히 20세기 초에는 무섭고도 아름다운 세계가 지하 2층에 펼쳐져 있다는 소문이 돌았다. 신을 보았다고 착각한 사람도 있고, 아리송한 선언문을 발표한 뒤에 잠적한 이도 있다. 사실 이곳은 해탈한 승려, 언어를 버린 시인, 목소리를 잃은 가수만이 갈 수 있다는 얘기도 있지만 확인된 바는 없다.

2.

아직 말하지 않은 공간들이 꽤 남아 있다. 어쩌면 이 집의 진면목을 볼 수 있는 것은 여기서부터인지도 모른다.

우선 마당. 이 집의 마당은 널찍한 편이다. 각 층에 거주하는 이들이 잠시 마당을 산책하다가 서로 만날 때도 있다. 그들은 즉각 서로의 체류지를 알아본다. 대개는 서로를 못 본 체 지나치고 일부는 반가워하거나 안부를 묻는다. 날씨가 좋은 날에는 벤치나 잔디에 모여 앉아 생산적이고 흥미로운 토론을 벌이기도 하지만 날이 흐려지면 금방 분위기가 달라진다. 상대를 비난하는 데 몰두하거나 자신이 거주하는 층만이 이 집의 전부라고 주장하는 이들이 늘어난다.

물론 다른 층의 내부 구조를 궁금해하거나, 이런 이웃도 있구나 하고 신기해하거나, 내심 부러워하는 경우도 없지 않다. 마당의 날씨는 체류자들에게 중요하다. 안개가 잔뜩 낀 날에는 서로가 보이지 않고, 비가 쏟아지는 날에는 아무도 마당에 나오지 않는다.

마당 한쪽에는 철로 만든 대문이 있어서 외부와 내부의 경계를 표시한다. 안에서 보면 대문이 제법 넓어서 아무나 들어올 수 있을 것 같지만, 바깥에 있는 사람들에게는 허리를 굽혀야 들어갈 수 있는 좁은 문처럼 느껴진다. 그 때문에 문의 크기에 대한 논쟁이 정기적으로 벌어지기도 한다.

그런데 이 출입문의 비밀은 다른 데 있다. 이 문은 사실 존재하지 않는다. 이미 집에 들어가 있는 체류자들이 집값을 올리고 이를 유지하기 위해 문이 있는 척한다는 소문도 있다. 어떤 이들은 말도 안 되는 통행세를 받기까지 해서 사회문제다.

사실 이 집은 그냥 발을 들이면 누구든 출입할 수 있다. 자신도 모르게 이미 이 집에 들어와 있는 사람도 꽤 많다. 이미 집에 들어와 있는데도 여전히 문을 열려고 애쓰는 이들도 있다. 일부 사람들은 집 자체가 이미 폐가가 되었다고 비아냥거린다. 철거된 자리에 새 집이 들어설 것이라는 소문도 있고, 이 자리에 집 같은 것은 원래 없었다는 과격한 주장도 있다. 하지만 없는 출입문이 삐걱삐걱 열리고 닫히는 소리가 연중무휴로 들려오는 것은 사실이다.

마당에서는 잘 보이지 않지만, 이 집에는 옥상이 있다. 옥상으로 올라가는 길은 따로 없다. 마당이나 베란다에서 동아줄을 잡고 올라가거나 사다리를 타고 올라가야 한다. 동아줄이나 사다리가 어디 있는지는 알려져 있지 않다. 지하 1층이나 2층에서 엘리베이터를 타고 옥상으로 갈 수 있다는 얘기도 있지만 확인되지 않았다.

옥상은 평평하지도 않고 안전하지도 않다. 밟으면 와사삭 하고 깨질 기와들이 촘촘히 포개져 있다. 발을 겨우 디딜 만한 좁은 공간이 처마 쪽에 있다. 그곳은 너무 옹색해서 거기서 무슨 거창한 일을 하는 것은 불가능하다. 옥상에 올라온 사람들도 이런 곳에 옥탑방 같은 것을 지을 수는 없다는 것을 깨닫고 얼마간 지내본 뒤에는 내려갈 궁리를 한다.

옥상에서는 먼 곳을 바라볼 수 있다. 먼 곳이기 때문에 사람은 거의 보이지 않는다. 단지 지평선이나 벌판, 숲, 석양 같은 풍경이 아득하게 펼쳐져 있을 뿐이다. 그 풍경은 영원해 보이고 광활해 보여서 집 자체가 옹색하게 느껴진다. 그래서 보는 사람들이 쉽게 현혹된다. 무한한 지평선 쪽에서 바람이 불어오기도 한다. 옥상에 오래 머물면 자살 충동을 느낀다는 소문이 있다. 죽음이 사소한 일로 느껴진다는 것이다. 마당이나 지상에서는 옥상이 좀처럼 보이지 않는다.

3.

보이지 않는 공간은 아직 더 남아 있다. 층과 층 사이에도 공간이 있기 때문이다. 1.5층은 물론이고 2.5층이 있다는 얘기도 있다. 1층이라고 생각하지만 실은 이미 지하 0.5층인 곳도 있다. 심지어 지하 1.5층에는 이상한 크리처들이 숨어 있다는 소문이 돌기도 한다.

이 사이 층들에 가려면 복도라든가 계단 또는 사다리 같은 일반적인 통로를 통해서는 불가능하다. 이곳은 다른 층들과는 중력이 다르기 때문이다. 이곳의 통행 방식과 코드를 아는 사람만이 출입할 수 있다. 이곳 특유의 스텝과 코드에 익숙한 사람들이 이곳을 찾는데, 유연하고 유려한 스텝과 코드에 한번 빠지면 하나의 층에 고정적으로 자리를 잡고 사는 것이 영 마음에 들지 않게 된다.

누군가는 이렇게 주장하기도 한다. 애초에 이 집은 몇 층짜리 집으로 지어진 것이 아니다, 사실 이 집은 사이 층들만으로 이루어져 있다, 당연히 그때는 '사이 층'이라는 말 자체가 없었다, 그러다가 1층, 2층, 지하 1층처럼 원래 존재하지도 않았던 층들이 생겨나서 자기들 멋대로 집을 구성했다는 것이다. 선후 관계가 뒤바뀌었다는 얘기였다. 실제로 사이 층들이 먼저 있었고 그 후에 다른 층들이 생겼다는 증거는 의외로 많다. 하지만 이제 와서 그게 무슨 상관이냐는 의견이 설득력을 얻은 뒤에는 유야무야되었다.

하지만 층마다 중력에 차이가 있다는 소문은 파장을 불

러왔다. 이것은 사이 층에만 적용되는 얘기가 아니었다. 사실 이 집의 구조는 기묘한 데가 있는데, 에셔의 그림에 나오는 휘어진 공간을 상상하면 도움이 될지도 모른다. 예컨대 1층과 2층 사이에 1.5층이 있을 것 같지만, 1.5층은 사실 2층과 옥상 사이에 있다는 것이다. 지하 0.5층은 1층과 지하 1층 사이에 있을 것 같지만, 언제부터인가 지상 1층의 작은 방이 되었다는 얘기였다. 그뿐만이 아니다. 지하 1층에서 독주를 마시고 거실을 지나 화장실에 갔는데, 그곳이 지상 1층의 응접실이었다는 사람도 있다. 지하 2층에 살고 있는 줄 알았는데 알고 보니 소파도 있고 침대도 있는 데다 냉장고까지 갖추어져 있어서 그곳에 눌러앉은 이가 꽤 많다는 것은 나중에 밝혀졌다.

1층에서 계단을 따라 올라가면 2층이라고 생각했는데, 알고 보니 지하 1층인 경우도 있다. 자신이 2층에 살고 있다고 생각하는 체류자들 중 일부는 사실 지하 1층에 살고 있는 것으로 밝혀졌다. 옥상에 간다고 사라진 뒤에 지하 2층에서 시신으로 발견된 체류자도 있었다. 그걸 근거로 해서 이 집의 옥상이 곧바로 지하 2층으로 연결된다는 주장을 담아 긴 논문을 제출한 이도 있지만, 너무 난해하고 종잡을 수가 없는 탓에 아무도 읽지 않았다.

4.

손님들은 초대를 받지 않고도 아무 때나 이 집을 방문할 수 있다. 손님들의 권력은 막강하다. 이 집의 체류자들은 손님이 없으면 존재 의의가 사라지기 때문이다. 어떤 체류자들은 손님이나 방문자 따위는 필요 없다고 호기롭게 선언하지만, 실은 외로움에 떨며 손님을 기다리기도 한다.

손님들은 대개 1층의 체류자들과 어울린다. 체류자들뿐 아니라 손님들도 손님이 많은 것을 좋아하기 때문이다. 더 많은 사람을 만나고 많은 사람과 대화하고 싶은 것은 당연한 일이다.

가끔은 이 집에 전혀 관심이 없던 사람들이 손님으로 방문하기도 한다. 그럴 때면 대규모 파티가 열리기도 하고 어지러운 난투극이 벌어지기도 한다. 손님이 많고 노래가 울려 퍼지길래 1층인 줄 알았는데 실은 2층인 경우도 있다.

애초에 손님은 1층이 아니라 2층이나 지하 0.5층에만 모인다고 주장하는 사람도 있다. 몸을 누일 공간이 있고 흥미로운 꿈을 꿀 수만 있다면 비 내리는 옥상이 최고라는 사람도 있지만 그곳에 관심을 가진 손님은 거의 없다. 대다수의 현명한 손님들은 도대체 층을 구분하는 것이 무슨 소용이냐고 반문한다. 하지만 그들 스스로 은연중에 자기가 몇 층을 선호하는지를 잘 알고 있다.

지하 2층은 너무 어두워서 손님들도 그곳까지는 내려가지 않는다. 내려간다고 해도 거기에 누가 있는지 구분할 수 없다. 지하 2층은 사실 존재하지 않으며, 단지 각 층의 창고에 불과하다는 주장도 있다. 아니, 각 층의 창고라면 1층에도 지하 2층이 있고 2층에도 지하 2층이 있다는 말인데 그게 말이 되느냐고 반박하는 사람도 있다. 하지만 대개는 이게 무슨 말인가 싶어 어리둥절한 표정을 지을 뿐이어서 그렇게 말한 사람 스스로가 머쓱해질 뿐이다.

어떤 체류자는 용기를 내어 지하 2층으로 내려간다. 지하 2층에 도착했다고 생각하여 스위치를 올린다. 스위치만 있고 아무런 조명이 없기 때문에 불은 켜지지 않는다. 그래도 취해서 정신을 잃고 쓰러져 있는 수많은 크리처들을 느낄 수는 있다. 술, 담배, 마약, 도박, 섹스 등 인류의 가장 오래된 쾌락들은 언제나 지하 2층에서 만들어진 뒤 각 층으로 공급된다는 주장도 있다. 이곳에 인간의 비밀이 숨어 있으리라고 기대하거나 단정하는 사람들도 있다. 냉정한 사람들은 그건 신비주의자들의 철 지난 정신 승리라고 일축한다.

5.

최근 조사된 바에 의하면, 이 집의 체류자들에게는 자신들도 몰랐던 의외의 특징이 있다. 그들이 실은 하나의 층에만 머물지 않는다는 것이다. 집을 열심히 돌아다니는 이들도 있고, 하나의 층에서 비교적 오래 거주하는 사람들도 있다. 그런데 크게 보면 대동소이한 동선을 보인다는 것이다.

어떤 이는 자기가 지하층에 산다고 주장하지만, 실은 거의 매일 1층에 올라가서 아무에게나 시비를 건다는 것이 밝혀졌다. 2층에 사는 거주자라고 생각했는데 실은 1층 현관에 살고 있는 사람도 있었다. 미친 듯이 1층으로 뛰어 내려갔다가 급하게 2층으로 돌아오는 사람도 있고, 1층에 살다가 환멸을 느낀 뒤 옥상에 올라가서 다시는 나타나지 않은 이도 있다. 지하 1층에서 지내다가 지상 1층의 주방을 한 번 방문하고는 다시 내려가지 않은 사람들도 꽤 많다. 이곳이야말로 사람 사는 곳이라는 걸 깨달았다는 것이다. 지하 2층에서 지상 2층까지 천천히 걸어서 올라갔다가 옥상에서 투신해버린 체류자의 이름은 밝혀지지 않았다.

이 집에는 위대한 체류자로 불리는 이들이 있다. 그들은 자신이 체류하는 곳을 하나의 방으로 만든 이들이다. 원래는 복도라든가 좁은 통로였는데 이들이 체류하면서 방이 된 것이다. 어떤 방에는 벽에 매력적인 좌우명이 걸려 있고, 어떤 방은 고가구와 진귀한 장식이 훌륭하고, 어떤 방에는 독특한 음악이 흐른다. 또 어떤 방에서는 하루 종일 괴성만 들리는데도 사람들이 눈물을 흘린다.

허풍이 심하고 과대망상이 있는 사람은 자신의 체류지

가 하나의 방이라고, 심지어는 층이라고 선포해버린다. 사람들은 고개를 절레절레 저을 뿐이다. 그런데 정말 쪽방 하나에 들어가 거기서 평생을 보내고 소박하게 최후를 맞이한 체류자들이 있다. 시간이 흐른 뒤에야 그들의 쪽방에 셀 수 없이 많은 손님들이 머물렀다는 것이 밝혀진다. 좁고 작은 방인 줄 알았는데 실은 넓고 거대한 방이었던 것이다. 그 쪽방을 만들었던 체류자 자신도 그 사실을 알지 못한 채 세상을 떠나는 경우가 있다.

더 위대한 체류자들은 따로 있다. 이 집의 그림자가 되어버리거나 집 자체를 그림자로 만들어버리는 이들이다. 그들은 자신도 모르게 층에서 층으로 스며들거나 층과 층을 뒤섞어버린다. 종국에는 스스로 집 전체에 가까운 모습이 되어버리지만, 그것은 그림자일 뿐이므로 그들 자신을 포함해서 아무도 알아보지 못한다. 이 집은 처음부터 그런 그림자들을 재료로 해서 건축되었지만, 그 사실은 끝내 알려지지 않는다.

6.

집은 사실 소박하게 집으로서 존재하면 된다. 사람들이 잠들고 깨어나고 출근하고 퇴근하고 외출했다가 돌아올 곳으로 거기 있으면 된다. 하지만 호기심이 많은 사람들은 이런 의문을 던지기도 한다. 이 집은 어느 마을에 있을까? 그 마을에는 집이 한 채만 있을까? 다 허물어진 집도 집일까? 집이 한 채만 있는 마을을 마을이라고 할 수 있을까? 등등.

누구든 집을 나가서 집의 전모를 구경하고 근처를 산책해보면 간단히 알게 된다. 당연하게도 세상에는 수많은 집들이 있다는 사실을. 문학의 집만 있는 것이 아니라 음악의 집도 있고 미술의 집도 있고 영화의 집도 있다. 꽃꽂이의 집도 있고 프로야구의 집도 있고 심지어는 도박꾼들의 집도 있다. 게이머들의 집이야말로 가장 거대하고 치열하다는 소문이 있다. 정치가나 재력가 들은 자신의 집이 곧 이 세상 자체라고 생각하지만, 실은 그게 집이 아니라 집을 지을 때 쓰이는 벽돌이나 나무판자라는 것을 이해하지 못한 채 죽는다.

더 멀리 떨어진 곳에서 또는 더 높은 곳에서 집을 관찰할 수도 있다. 그걸 해본 사람들은 행운아에 속한다. 예를 들어 비행기를 타고 저 아래를 내려다보면 수많은 집들이 하나의 마을을 이루고, 그런 마을이 또 수없이 모여서 나라가 된다는 것을 알게 된다. 나라마다 집의 생김새가 다르다는 것은 금방 깨달을 수 있다.

부자라고 소문난 나라의 집들은 층수가 더 많아 보인다. 그런 집들은 실제로 세부 층들이 잘 발달되어 있다. 하지만 각 층들이 화려한 반면에 어딘지 공허하게 보인다는 소감을 말하는 사람도 있다. 너무 오래 그렇게 서 있었기 때문에 집의 미래에 도움이 안 된다는 것이다. 그들은 이미 집의 과거에 불과하여 일종의 관광 상품이 되었다는 말을 추신처럼 붙이면서.

가난한 나라의 집들은 대부분 옥상이 딸린 1층짜리 집이다. 아주 오래된 집들이고 생각 외로 견고하지만, 정말 그곳에 살고 싶다고 생각하는 사람은 거의 없다. 작고 가난한 나라의 집들에도 2층이 있지만 대체로 좁고 옹색해 보인다. 지하층은 아직 발달하지 않은 것 같다. 옥상에 올라가 먼 곳을 바라보는 사람들은 많지만, 사실 그들은 석양에만 정신이 팔려 있을 뿐 집을 관찰하는 것은 아니다. 그들은 집 같은 것을 관찰하기보다는 차라리 석양의 일부가 되기를 원하기 때문이다.

[2019]

3-3. 금각사

나는 『금각사』를 읽고 있었다. 금각사에 가는 것이니 『금각사』를 다시 읽자는 단순한 생각에 손에 든 것이다. 창밖으로는 교토의 정갈한 도심이 흘러가고 있었다.

상트페테르부르크의 거리를 돌아다닐 때는 도스토옙스키나 고골이, 미국이라면 레이먼드 카버(변두리 도시)나 폴 오스터(뉴욕 같은 대도시)가, 도쿄를 헤맬 때는 나쓰메 소세키나 무라카미 하루키를 손에 드는 것이 도움이 된다. 경험으로 보아, 책 속의 이미지들이 책 바깥의 풍경과 한데 어울리는 느낌은 꽤 즐길 만하다.

하지만 나는 실망할 준비를 시작한다. 가보고 싶었던 곳이나 보고 싶었던 영화를 대면하기 전에는 대개 가벼운 실망을 준비한다. 실망이 마치 필수품이기라도 한 듯이. 이런 준비는 소기의 목적을 달성한다. 상상 속의 이미지란 대개 실제보다 과도한 법이니까. 금각사는 별다른 '감동'을 주지 못할 것이다…… 소설의 후광을 입은 흔한 관광지에 불과할 것이다…… 나는 되도록 그렇게 생각하려 한다. 실제의 금각사를 제대로 대면하기 위해서는 거품을 빼야 한다. 『금각사』의 도입부에서, 미시마 유키오의 분신인 화자는 이미 이렇게 말하고 있다.

> 나는 이리저리 각도를 바꾸기도 하고 혹은 고개를 기울여서 바라보았다. 아무런 감동도 일어나지 않았다. 그것은 낡고 거무튀튀한, 자그마한 삼층 건물에 지나지 않았다. 지붕 꼭대기에 얹혀 있는 봉황새도 마치 까치가 머물고 있는 것처럼 보였다. 아름답기는커녕 조화되지 못한 불안정한 느낌조차 있었다. 아름다움이란 이처럼 아름답지 않은 것인가, 하고 나는 생각했다.*

나는 금각사에 대한 저런 감흥을 나도 느끼게 되리라고 추측했다. 대개 명승고적들은 그리 흥미로운 곳이 아니다. 이미 모든 것이 구획되어 있어서 일종의 정신적 미니어처에 가깝다. 그것은 잘 다듬어져 있으며 미리 완성되어 있다. 바라보는 자가 틈입할 여지가 거의 없다. 그것은 체험의 대상이 아니라 관람의 대상이다. 명승고적보다는 낯선 여행지의 이름 모를 거리, 읽을 수 없는 간판, 불규칙하게 바뀌는 풍경, 뒷골목의 선술집, 술을 마시는 이국

---

* 미시마 유키오, 『금각사』, 김후란 옮김, 학원사, 1983, p. 32.

사람들의 표정, 그런 것들이 더 매혹적이지 않은가……
당연한 일이다.

하지만 금각사라니. 나는 가볍게 한숨을 내쉬었다. 나도 모르게 좀 설렌 모양이다. 미시마 유키오라는 캐릭터에 대한 관심 때문이다.

미시마 유키오의 생애는 이렇게 요약된다. 1925년생, 동경대 법학과 졸업, 가와바타 야스나리의 추천으로 화려하게 등단, 탁월한 문장으로 필명을 얻음, 보디빌딩과 권투로 다진 강건한 육체, 동성애자, 호전적인 정치적 견해, 영화배우, 그리고 할복자살.

인간의 성정을 플러스 성향과 마이너스 성향으로 나눌 수 있다면 미시마는 플러스 쪽의 대표 인물처럼 느껴진다. 그에게는 극적인 것, 극단적인 것, 화려한 것, 강렬한 것 들이 어울린다. 호사가들의 입방아에 오르내리기 좋은 삶이고, 옐로페이퍼의 관심을 끌 만한 삶이기도 했다. 그의 삶은 어중간한 것을 모른다.

내게 더 흥미로운 것은 그의 문학과 정치다. 미시마에 대한 표준적인 규정은 그가 극우 성향의 작가라는 것이다. 어느 정도는 사실이다. 그의 한 소설 제목은 『우국憂國』(1961)이다. 그 기저에는 우국충정의 감정이 깔려 있다. 이 제목에는 아이러니가 없다. 정말 우국을 위한 것이기 때문에.

미시마는 중국 문화혁명에 공식적으로 항의 선언을 한

적이 있으며, 단편 「난릉왕蘭陵王」에 나오듯 국수주의적인 사병부대(방패회)를 설립해 군사 훈련을 주도했으며, 실전 체험을 위해 수차례 자위대에 입대했다고 한다.

어떤 면에서 그는 이탈리아 미래주의의 리더였던 마리 네티를 연상시키는 데가 있다. "예술가들이여, 붓을 버리고 총을 들라!" 그렇게 외친 마리네티는 진짜 전투부대를 결성해 무솔리니의 파시즘 전선에 참여했다고 한다.

미시마는 자위대의 무장을 주장했고, 사무라이 정신으로 자결을 감행했다. 알려진 대로 드라마틱한 죽음이었다. 평화헌법 폐지와 조국에 대한 헌신을 외치며 자위대 총감부에 난입. 군국주의적 재무장을 주장하며 그 유명한 할복자살을 수행. 병약하고 콤플렉스에 시달리던 몸집 작은 소년은, 그렇게 '마초적인' 최후를 맞이했다.

미시마는 자신이 옳다고 생각했을 것이다. 당시 승전국 이었던 미국의 일방적 패권주의와 일본의 무능력에 분노 했을 것이다. 그러니 그의 자살은 어떤 일본인들에게는 영웅적이기까지 했을 것이다.

이 글의 관심은 미시마가 지녔던 정치적 '견해'의 타당 성과 부당성을 따지는 것이 아니다. 나에게 미시마의 삶 은 논리나 합리성의 차원보다는 무엇보다도 '기질'이나 '성정' 차원에서 관심을 끈다.

『가면의 고백』(1949)은 저자의 25세까지의 삶을 다룬

자전적인 소설이다. 사소설의 전통을 강력하게 환기하는 이 글은 미시마 자신의 내면 풍경을 다소 과장된 스타일로 보여준다. 글 전체에서 도드라지는 것은 사도마조히즘적 정서인데, 가령 이런 문장.

나는 뒤틀린 꼬락서니로 쓰러져버린 나 자신의 모습을 상상하는 데서 커다란 기쁨을 느꼈다. 내가 총에 맞아 죽어가는 상황에는 더할 수 없는 유쾌함이 있었다. 가령 정말로 총알을 맞는다 해도 나라면 아플 리가 없을 거라고 생각했다……*

도스토옙스키의 『지하생활자의 수기』(1864)를 뒤집어놓은 것이 아닌가 싶은 이런 문장들은 책의 여기저기에 흩어져 있다.

태어나면서부터 부족한 피는 내게 유혈을 꿈꾸는 충동을 심어주었다. 그런데 그 충동이 나의 몸에서 다시금 피를 잃게 하고, 그래서 나는 점점 더 피를 원하기에 이르렀다. […] 나는 갖가지 형식의 사형과 형벌 도구에 깊은 흥

* 『가면의 고백』, 양윤옥 옮김, 문학동네, 2009, p. 35.

미를 가졌다. 고문도구, 교수대 같은 것은 피를
볼 수 없기 때문에 우선 제외했다.*

원래는 유약하고 콤플렉스가 심했다는 사람의 문장이
이럴 수 있을까. 아니, 반대로 유약하고 콤플렉스가 심했
기 때문에 이런 문장을 쓰는 걸까. 극과 극이 통하는 격렬
한 반작용이라고 할 수 있을까. 열등감에 시달렸기 때문
에 철권통치를 했던 수많은 독재자들처럼?
　미시마는 피를 원하고 있었다. 그는 강해지고자 했다.
그가 보디빌딩과 권투와 검도를 연마한 것을 어떤 이들은
그리스 여행 이후 고전적 육체미에 매혹되었기 때문이라
고도 한다. 나는 더 중요한 충동이 잠복되어 있었으리라
고 추측했다.

> 유년 시절의 병약함과 익애(溺愛) 덕분에 남의
> 얼굴을 똑바로 쳐다보는 것조차 두려워하던
> 나는 그즈음부터 '강해지지 않으면 안 된다'는
> 한 가지 격률(格率)에 들씌워져 있었다. 나는 그
> 를 위한 훈련을 학교로 오고 가는 전차 안에서
> 누구건 가릴 것 없이 승객의 얼굴을 지그시 노
> 려보는 데서 찾아냈다.**

*　같은 책, p. 90.

지하철에서 낯모르는 승객들의 눈을 노려보며 스스로를 단련하는 소년, 그게 미시마였다. 미시마를 늘 따라다니는 또 한 가지 주제는 그의 동성애 성향이다. 『가면의 고백』을 보면 이런 문장이 나온다.

> 나는 '여자'라는 단어에서 연필이라든가 자동차, 빗자루 같은 단어에서 받는 것 이상의 특별한 인상을 감각적으로는 일절 받지 않았다.***

　이것은 그 스스로 밝힌 성적 취향이다. 그가 귀도 레니의 성상화 「성 세바스찬」에 묘사된 남성의 아름다운 육체에 매력을 느낀다고 길게 설명했을 때, 나는 그에게 충분히 동의했다. 귀도 레니가 그린 세바스찬에는 성스러운 영적 순교자의 면모가 최소화되어 있다. 그 그림은 젊은 남성의 아름다운 육체를 도드라지게 보여준다. 귀도 레니의 그림을 보면 미시마의 소감에 군말 없이 동의하게 된다.
　내가 미시마에게서 쉽게 납득하기 어려운 지점은 따로 있다. 그는 자신의 성적 지향을 '타고난 결함'이라고 자평한다. 이러한 자기부정은 그가 살았던 시대를 감안해서

**　같은 책, p. 79.
***　같은 책, p. 105.

이해해야 할 터이지만, 단지 시대의 분위기로 귀속시키기에는 너무 멀리 나갔다. 그는 남성성을 명백히 '우월한 속성'으로 규정하고, 배타적이고 반복적으로 그것을 찬양한다.

그의 일생이란 어떤 의미에서는 이상적인 '남성'이 되려는 분투에 다름 아니었던 것 같다. 그는 마초적 개인이기를 희망했으며 마초적 내셔널리스트이기를 희구했다. 그가 평화헌법을 비난하고 자위대의 재무장을 선동한 것은 당연한 귀결이었는지도 모른다.

무라카미 류의 장편 『반도에서 나가라』(2005)는 유약한 일본인, 무장하지 않는 일본인, 오늘날의 소위 '평화 바보'들을 각성시키기 위해 쓰인 소설이라고 해도 좋다. 미시마 유키오와 무라카미 류의 의식과 무의식 속에서 꿈틀거리는 '힘'에 대한 동경은 어딘지 위험하고 낯익게 느껴진다. 어느 나라에나 있는 우파 내셔널리즘의 한 양상으로 볼 수도 있겠지만, 그것이 탁월한 유미주의자 미시마 유키오에 연결된다면 복잡한 마음이 되는 것이다.

하지만 여기서 멈추어야 할까? 어쩐지 미시마를 이미 알려져 있는 방식으로 열심히 소비하는 것에는 기묘한 잔여물이 남아 있는 건 아닌가? 나는 고개를 갸우뚱하게 기울인다.

『금각사』는 탐미주의 같은 것에 갇힌 소설이 아니다.

인간의 분열과 모순, 욕망과 무력함에 관한 뛰어난 문학적 보고서 가운데 하나이다. 미시마는 도스토옙스키가 그토록 끈질기게 직설적으로 묘사했던 '심연의 탐구'를 이어받고 있다. 그것도 탁월한 방식으로.

> "아름다움—아름다움이라는 놈은 무섭고 끔찍한 것이야! [……] 애초에 악행(소돔) 속에 아름다움이 있는 건가? ……그나저나 인간이라는 건 자신이 찔리는 것만 이야기하고 싶어 하는 거야."*

미시마 자신이 도스토옙스키의 『카라마조프 가의 형제들』(1880)에서 뽑아 인용한 이런 구절은 정확하게 소설 『금각사』의 심리학을 이루는 것이다.

도스토옙스키를 비롯해서 러시아 작가들이 일본 문학에 미친 영향은 알려진 대로 넓고 깊다. 시마자키 도손의 『파계』(1906)는 『죄와 벌』(1866)을 모델로 해서 쓴 것이며, 오구리 후요의 『청춘』(1906)은 투르게네프 『루딘』(1856)의 모작 혹은 번안이다. 다자이 오사무의 『인간실격』(1984)은 도스토옙스키적 지하 생활자의 내면을 이어받고 있으며, 귀족의 몰락을 그린 그의 중편 『사양』(1947)

* 같은 책, p. 7. 미시마 유키오가 에피그라프에 인용한 도스토옙스키의 문장.

은 확실히 체호프의 희곡『벚나무 밭』(1904)에서 느껴지는 소멸의 분위기에 힘입은 바 크다. 나카무라 미쓰오의 관찰을 빌려 말하자면, 러시아 소설의 음울한 정신분석은 일본 작가들에게 이르러 소위 '심경소설'이나 '사소설'의 형태로 축소되었다.

하지만 미시마는 다르다. 그는 러시아 문학에서 근대 소설의 외형과 분위기를 배운 것이 아니다. 그는 도스토옙스키적 정신이 분열증적인 근대의 산물이라는 것을 알고 있었다. 소설 속의 금각사가 불타오를 때 미시마는 탐미적 아름다움이나 형이상학적 상징이 무너지는 소리가 아니라, "인간의 관절이 단번에 내는 소리"*를 듣는다.

미시마는 동경대 전공투의 좌파 학생들과 치열한 논쟁을 벌이기도 했지만, 실제로는 보수적인 우파나 문화적인 체 하는 교양 계층을 더 혐오스러워했다고 한다. 1969년 동경대에서 전공투 학생들과 벌인 토론에서 미시마는 이렇게 말했다.

> "제군들도 여하튼 일본의 권력 구조, 체제의
> 눈 속에서 불안을 보고 싶었음에 틀림없습니
> 다. 사실 저도 보고 싶습니다. 여러분과는 다른
> 방향에서. 저는 안심하면서 살고 있는 사람들

---

* 같은 책, p. 228.

이 싫기 때문에, 사실 이곳에서 이런 안전한 상
황의 토론회에 참여하는 것은 별로입니다."

안전한 삶에 대한 혐오. 안전한 문화주의에 대한 부정.
미시마라는 인간은 그런 정신의 구현이다. 그는 자신을
끊임없이 경계로 몰고 가서 그 경계에 위태롭게 서 있는
자신을 확인하지 않으면 안 되는, 그런 종류의 인간이었
던 것 같다. 자신에 대한 과잉 결정, 그것이 쇼와시대 일
본의 자기부정과 맞물려 미시마를 시대적 아이콘으로 만
든 것인지도 모른다.

나는 관광객으로서 금각사에 입장하여 금각사를 바라
보았다. 금각사는 어딘지 비현실적으로 느껴졌다. 판타스
틱하다는 뜻이 아니라, 현실과 어울리지 않는 과잉의 인
공성이 느껴졌기 때문이다. 작은 호수에 그림자를 드리운
금빛의 3층 사원. 관리자를 제외하고는 아무도 살지 않는
일종의 미니어처. 아무런 정신도 깃들지 않은 관조의 대
상. 입장료로 수익을 내는 관광 상품.

지금은 이 기묘한 건물에 누구도 불을 지르고 싶어 하
지 않을 것이다. 거기에는 탐미주의의 뜨거움도, 자기부
정의 극단적 애증도 깃들 이유가 없기 때문이다. 미시마
가 살아 있었다면 바로 그 이유 때문에 금각사에 불을 질
렀을지도 모른다. 영원한 아름다움 때문이 아니라, 그 아

름다움이 미니어처의 모습을 하고 있다는 것에 대한 환멸 때문에.

정갈한 금각사의 지붕 위로 황혼이 내려왔다. 금각사, 킨카쿠지의 잘 다듬어진 정원으로 관광객들이 산책을 하고 있었다. 나는 그들을 따라 출구 쪽으로 걸어갔다.

[2010]

4. 다시 겨울, 일기

2023. 1. 5.

2023년 1월. 겨울. 제법 긴 여행을 떠나기로 한다. 집은 혼자 남는다. 밤에도 불은 켜지지 않을 것이다. 실내에 공기는 고일 것이다. 문 앞에 우편물은 쌓일 것이다. 부재 표시들이 집을 점령할 것이다.

한 문화재단의 후의로 부다페스트의 숙소를 빌려 잠시 여행자의 삶을 살기로 한다. 글 노동을 하러 가는 것이지만 어쨌든 여행은 여행이다. 한겨울의 음울한 날씨, 현재 진행형인 팬데믹 시대, 동양인에 대한 차별적 시선, 국경을 접한 우크라이나에서 1년째 진행 중인 잔혹한 전쟁. 동구권 구사회주의 국가 헝가리로의 여행.

'공간'은 물리적이고 객관적이지만 '장소'는 그렇지 않다. 장소는 의미, 기억, 역사, 주관성과 결합한 공간이다. 어린 시절을 보낸 곳, 옛 학교의 골목들, 연인과 걸었던 거리…… 오래 바라보아서 몸에 스며든 풍경을 우리는 특별하게 여긴다. 그뿐만이 아니다. 공동체의 영혼이 스며 있는 건축물들, 역사적 사건이 벌어졌던 공간들…… 장소는 움직이고 생동하는 공간이다. 의미가 갱신되는 공간이다. 여행은 공간의 이동이면서 동시에 낯선 장소들을 만나는 일이다.

구사회주의 국가들에 흥미를 느끼던 때가 있었다. 인류 최초의 의식적이고 조직적인 혁명. 낡고 억압적인 체제를 바꾸어야 한다는 역사적 당위, 새로운 정치 경제 시스템을 이성적으로 조율할 수 있다는 낙관과 희망. 그런 의욕을 배경으로 진행된 헌신적 투쟁. 세계의 심장을 뛰게 만들었던 혁명의 시절.

동구권 블록이 무너지고 무려 30여 년이 지난 지금은 그런 흥미조차 과거의 것이 되었다. '동구권'은 없다. '자본주의 리얼리즘'(마크 피셔)이라는 표현이 상징하듯, 자본주의는 외부가 없는 유일한 '현실'이 되었다. GDP의 상대적 차이를 제외한다면, 오늘날 자본주의 시스템은 보편적이고 무차별한 방식으로 작동한다. 서울과 부다페스트는 도시의 외관과 예측 가능한 문화적 차이를 제외하면 대개 비슷한 방식으로 돌아간다. 사람들은 노동력을 팔고 소비하고 손님을 끌기 위해 분주하다.

13시간의 비행 끝에 부다페스트에 도착. 처음 온 도시이지만 낯선 것은 많지 않다. 짐을 찾고 수속을 밟은 뒤에 휴대용 와이파이를 켜는 순간 모든 것이 균질화된다. 구글 맵을 켜고, 장소 검색을 하고, 공항 택시를 타고, 외곽 도로를 달려 숙소로 이동하고, 새로 만든 신용카드로 계산. 기타 등등.

짐 정리를 하고 밖으로 나와 담배를 피운다. 역시 춥구나, 하고 중얼거린다. 부다페스트의 밤은 적요하다. 오랜 시간과 역사가 쌓인 19세기 풍의 거리에는 인적조차 드물다. 저녁 8시, 한국이라면 거리가 북적일 시간. 하지만 새벽의 거리처럼 차고 캄캄하다.

오늘의 부다페스트는 지금보다 더 감상적이고 우울했던 1994년으로 나를 데려갔다. 30여 년 전의 러시아 여행이 아직 끝나지 않은 느낌. 그때의 나는 혼자 중얼거리며 도시를 떠도는 문학청년이었고 지금의 나는 마감일을 생각하며 작업 일정을 계산하는 중년이 되었다. 나는 시간 여행을 하고 있다고 생각한다. 그것이 좋다.

2023. 1. 9.

부다페스트의 야경은 소문대로 아름다웠다. 나는 이미 블로거들이 올린 부다페스트의 야경을 감상했고, 구글 스트리트 뷰로 이 도시의 골목 구석구석을 살펴보았다. 물론 그런 픽셀 이미지들이 실제의 압도적 풍경과 비교될 수는 없다. 픽셀에는 그 장소의 공기, 냄새, 소음, 분위기, 우연한 대화, 불특정 다수의 표정 같은 것이 휘발되어 있다. 삶은 내가 참여할 때만 삶이고, 장소 역시 그러하다.

성이슈트반대성당의 미사에 갔다. 나는 중학생 때 안토니오라는 세례명으로 교인이 되어 견진성사까지 받았다.

지금은 소위 '냉담자'인지라 1년에 한두 번 미사에 참석할 뿐이지만 어쨌든 공식적으로는 교인이다. 교적지는 한국의 창동성당인데, 성이슈트반대성당의 미사 제의와 절차는 창동성당의 그것과 대동소이하다. 카톨릭의 의례는 만국 공통이니까 당연한 일이다. 그것이 묘하게도 내게 마음의 평화를 주었다. 익숙한 것이 주는 평화일 것이다. 나는 주기도문을 외우고 성모송을 암송했다.

종교를 생각하면 복잡한 생각이 교차한다. 애초에 나는 '신앙'을 가질 수 있는 종류의 인간은 아니었다. 신의 존재 유무도 관심사가 아니었다. 인류는 아주 오랫동안 다양한 종류의 신을 상상해왔지만, 우주의 궁극적 '로고스'가 존재하는지 어떤지는 인간이 알 수 있는 영역이 아니다. 안다고 자부하며 설교하는 이들은 대개 사기꾼이거나, 생각의 알고리즘에 빠져 객관화를 못 하는 과대망상증 환자라고 생각해왔다.

그렇다고 해서 '제의ritual'나 '제도system'로서의 종교에 관심이 있는가 하면 그것도 아니다. 유럽의 유명 성당들은 많은 경우 티켓을 구매하고 나서 입장해야 하는 일종의 관광 상품이다. 한국에서 종교는 강퍅한 삶에 지친 사람들을 위무하는 영혼의 서비스업이 된 지 오래이다.

흥미로운 것은 사상사, 문화사, 예술사의 일부로서의 종교이다. 유럽에서 종교의 역사는 곧 국가와 전쟁의 역사이다. 성이슈트반대성당도 그렇다. 이슈트반은 독일식 발음으로는 스테판이고 영국식 발음으로는 스티븐이다. 성당의 중앙 제단에는 성모 마리아나 예수 그리스도가 아니라 이슈트반의 조각상이 서 있다. 이슈트반의 머리 위 높은 곳에는 대천사 가브리엘이 조각되어 있다. 바실리카 전체가 이슈트반을 성자로 추앙하기 위한 공간임을 상징적으로 보여주는 배치이다.

성 이슈트반은 헝가리의 시조라고 했다. 천 년 전 동쪽에서 이동해온 유목민 머저르족이 이곳 보헤미아 지방에 자리를 잡을 때의 지도자였다. 지금도 헝가리인들은 자신들의 국가를 '머저르Magyar'와 '랜드land'의 합성어인 '머저르인의 땅Magyarorsag'이라고 부른다.

요컨대 이슈트반은 헝가리의 창시자로 성자나 성직자가 아니라 왕이었다. 그것은 이 성당이 처음부터 종교와 정치의 결합으로 탄생했다는 것을 보여준다. 아시아계 유목민이었던 머저르족이 중세 유럽 한복판의 보헤미아 지방에서 살아남기 위해 크리스트교를 받아들였다는 주장도 있다. 실제로 이슈트반은 카톨릭을 헝가리의 종교로 받아들이고 교황청으로부터 성자 호칭을 받았다. 헝가리가 유럽의 일원으로 승인받는 순간이다. 처음부터 종교는 삶의 방식이자 정치의 방식이기도 했던 것이다.

하지만 다른 한편으로 이슈트반은 잔혹하고 유능한 전쟁 기계였던 것 같다. 그는 크리스트교를 중심으로 머저르족을 통합하고 이에 불복하는 동족과 주변 종족들을 잔인하게 살해했다고 한다. 슬라브인이나 폴란드인 그리고 신성로마제국과의 전쟁을 마다하지 않았으며 친인척과 외곽 공후들의 반란을 무력으로 제압하고 권력투쟁에서 자신을 지켜냈다. 크리스트교는 그 과정에서 전쟁의 도화선으로 작용했으며, 동시에 전쟁의 정당성을 승인하고 보증해주는 '대타자'로 기능했다.

하지만 오늘은 어쩐지 그런 정치적·역사적 맥락을 무시하고 싶어진다. 신화 속의 이야기가 사실이라고 생각하고 싶어진다. 이슈트반은 꿈에서 대천사 가브리엘을 보았을 것이다. 대천사는 머저르족을 크리스트교로 이끌라는 신성한 명을 내렸을 것이다. 이슈트반은 정치적 이유가 아니라 성령의 힘으로 크리스트교를 받아들였을 것이다. 오늘 성이슈트반대성당에서 나는 그 신화를 실제라고 믿어보기로 한다.

'종교적 인간'이 되고 싶다고 오래 생각해왔다. 천성적으로 태생적으로 종교적인 사람들이 있다. 명목상의 특정 종교에 속한 것이 아니라 내면 깊은 곳에 '종교성'이라 할 만한 성정을 가진 이들. 나에게 그들은 아름다웠다. 나는 매번 그 아름다움에 매혹되었다. 그들을 흠모하고 좋아했다. 나 역시 '종교적 인간'이 될 수 있지 않을까 생각한 적도 있다. 지금의 나는 그것이 불가능하다는 것을 순순히 수긍한다.

종교적 인간은 될 수 없어도 기도하는 인간은 될 수 있을 것이라고 생각한다. 그런 것이 모순은 아니라고 믿는다. 그래서 마음을 다해 기도한다. 주기도문을 외우고 성모송을 암송한다. 일신의 안위가 아니라 모종의 보편성을 위한 기도. 기도란 그런 것이어야 한다고 생각하면서. 흐린 날의 성이슈트반바실리카는 여전히 장엄한 아름다움을 간직하고 있다.

2023. 1. 21.

토마토절임을 밥에 얹어 아침 식사를 하고 외출. 오늘도 흐리고 춥고 우울한 날씨다. 아시시의 성프란체스코성당을 찾아 헤맸다. 여행 책자에도 잘 나오지 않는 곳이다. 내 목적지는 성당이 아니라 성당 한쪽에 안치된 조각상. 땅에 쓰러진 여성의 조각상이 추모비와 함께 1956년 희생자들을 환기하는 곳.

그 추모비에 적힌 헝가리어를 한국어로 번역하면 이렇다. 구글 번역기에 나온 문장을 그대로 옮겨 적는다. "1956년 혁명과 자유를 위한 투쟁의 이름 없는 희생자와 무고한 희생자를 기리며."

이 도시에는 1956년을 기억하는 장소가 여러 곳 있다. 시민공원에는 더 거대한 '1956년 모뉴망'이 있고, 국회의사당 근처에도 '1956년 메모리엄'이 있다. 메모리엄은 지하로 길게 이어진 터널 벽에 희생자들의 이름이 빼곡하게 적힌 독특한 형태다. 이름을 적는 것. 기억하는 것. 잊지

않는 것. 그것이 추모비의 역할이라는 것을 알려주려는
듯이.

오래전 러시아 혁명사를 공부하던 시절, 1956년은 나에
게 1968년 못지않게 강한 인상을 남긴 연도였다. 흐루쇼
프가 스탈린 체제의 종언을 선언한 해. 동시에 헝가리에
서 반소혁명이 일어난 해. 그게 1956년이었기 때문이다.

그로부터 10여 년이 지난 1968년에는 유럽의 68혁명만
큼이나 중요한 사건이 일어난다. 체코에서 소위 '프라하
의 봄'이 발발한 것이다. '프라하의 봄'은 1956년 헝가리혁
명을 다른 방식으로 반복한 사건이었다. 말하자면 1956년
의 부다페스트는 1968년의 프라하를 예언하고 예비하고
선행한 사건이었다.

1953년 스탈린 사후, 소비에트 러시아는 소위 '해빙Thaw'
의 시기를 맞이한다. 죽은 스탈린은 과격한 방식으로 기
각된다. 1956년에 행해진 흐루쇼프의 '비밀 연설'은 해빙
기의 상징적 선언문이었다. 제20차 공산당 전당대회에서
비공개로 이루어진 그 연설은 겉으로는 스탈린의 독재와
개인숭배를 비난하는 것이었지만, 실제로는 죽은 레닌을
호출하여 스탈린주의 잔당들을 숙청하려는 정치적 목적
을 갖고 있었다. 그러므로 흐루쇼프의 비밀 연설은 해빙
의 절정이면서 동시에 새로운 결빙의 시대를 예비하는 것
이기도 했다.

해빙기에 부분적으로 자유화되던 소비에트 사회의 분

위기는 50년대 후반에 이르러 다시 정치적·사회적·예술적 재보수화로 귀결된다. 이유는 간단하다. 상층부의 권력투쟁이 정리되었기 때문이다. 결빙이 시작된 데는 외부의 요인도 있었다. 1956년 헝가리 반소혁명이 그것이다.

흐루쇼프의 소련은 '해빙'을 통해 내부의 분위기를 완화했다. 하지만 동구권의 자유화와 서구화까지 용인할 수는 없었다. 1956년 당시 헝가리 총리였던 너지 임레의 개혁개방 정책은 30여 년 후 고르바초프의 페레스트로이카(개혁)와 글라스노스트(개방) 정책을 선취한 것이었다. 아무리 해빙 무드였다고 해도 소련이 이를 지켜만 보고 있지는 않았다. 소비에트 러시아는 군사적 개입을 결정하고 부다페스트에 탱크를 보내지만, 헝가리인들은 순순히 항복하지 않았다. 격렬히 저항한 헝가리인 수천 명이 사망했으며, 너지 임레는 소련군에 나포되어 루마니아에서 처형되었다.

1956년 헝가리의 민주항쟁 다큐멘터리를 보면서, 나는 어쩔 수 없이 강렬한 기시감을 느꼈다. 그 화면들은 대학 시절 교내 곳곳에서 상영되던 광주항쟁의 이미지들에 오버랩되었다. 무기를 든 시민들, 경찰을 설득하는 시민들, 시민들을 구타하고 살해하는 군인들, 최루탄과 총기, 탱크, 심지어 사복 경찰까지.

1956년 부다페스트항쟁과 1980년 광주항쟁을 동일 선상에 놓을 수는 없다. 하지만 지배 권력의 억압에 대해 시민들의 저항이 보여주는 비극적 이미지는 놀라울 만큼 비슷하고, 그것은 보는 이의 마음에 뜨거운 열기를 불러일으킨다.

부다페스트항쟁으로부터 10여 년 후에 일어난 소위 '프라하의 봄'은, 부다페스트에서 일어난 일을 반복하면서 동시에 반복하지 않았다. 체코 사람들은 60년대 후반 유럽을 휩쓴 자유주의 물결(히피, 마오주의, 적군파, 68혁명 등)을 타고 10여 년 전 헝가리의 개혁·개방 정책을 이어받는다. 하지만 소련군이 진주해 오자 순순히 저항을 포기한다. 탱크를 앞세운 소련의 20만 대군이 들이닥치자 '프라하의 봄'은 곧 막을 내린다. 사망자는 15명이었다고 한다. 10여 년 전 헝가리 부다페스트에서는 대략 3천 명이 죽고 1만 3천명이 부상을 당했다.

1956년 추모비를 떠나 너지 임레의 동상을 찾아 걸었다. 트램으로 두 정거장을 이동하자 도나우 강변에 작은 등신대 동상이 보였다. 중절모를 쓰고 지팡이를 든 노신사의 동상이다. 다리를 건너다가 문득 멈추어 서서 도나우강을 바라보는 신사의 모습. 그가 너지 임레였다. 1956년 당시 헝가리 총리로 반소혁명을 이끌었던 지도자. 반소혁명 실패 후 루마니아에서 끝내 처형된 정치가. 그 후 헝가리의 자유에 상징적 인물이 된 이름. 헝가리에서 '1956년'과 '너지 임레'는 동전의 양면을 이루는 고유명사였다.

너지 임레 동상을 떠나 도나우 강변으로 내려가다가 뜻

밖의 추모비를 만났다. 추모비에는 '허블레아니 침몰 사고의 희생자들을 기리며'라고 적혀 있었다. 순간 나는 내 눈을 의심했다. 영어나 헝가리어가 아니라 한글이었기 때문이다. 2019년 도나우강에서 허블레아니호를 타고 부다페스트의 밤을 바라보다가 침몰 사고로 희생된 한국인들을 기리는 추모비였다. 추모비 뒤에는 희생자 28명의 이름이 한글과 영어로 적혀 있었다. 선장과 선원 두 사람을 제외하고는 모두 한국인이라고 했다.

나는 비석 주위를 한참 서성거렸다. 그러다 어쩔 줄을 모르고 강변으로 내려갔다. 동구권의 역사를 산책하다가 갑자기 가까운 친지들의 비극적 사건으로 소환된 느낌이었다. 도나우강은 아름답지 않았다. 날은 흐렸고 대기는 탁했으며 강물은 사나워 보였다. 인간의 역사는 떠나간 이름들을 기억하려 하지만, 강은 아무것도 기억하지 않는다는 것을 나는 알았다.

2023. 2. 4.

동유럽 특유의 겨울은 춥고 어둡고 음울하다. 건조하면서 바늘로 찌르는 듯한 서울의 추위가 아니다. 습하고 서서히 살을 에는 공기. 공기라기보다는 일종의 기분. 오전 11시가 넘어서야 낮이라는 느낌이 들고, 오후 4시가 지나면 밤이라고 생각하게 된다. 오래전 러시아에서 보낸 겨울과 크게 다르지 않지만, 익숙하다고 생각하면서도 여전히 마음이 스산해지는 것은 어쩔 수 없다.

부다페스트 중심가인 언드라시 거리에는 그런 날씨에 어울리는 장소가 하나 있다. 구글 지도에 나와 있는 지명을 그대로 옮기자면 이렇다. 공포의 관. 이건 직역이지만 직역이기 때문에 오역이기도 하다. 의도된 오역이기 때문에 더 무서운 번역이기도 하고.

공포의 관은 테러하우스Terror House를 옮긴 것이다. '테러'는 '공포'라는 뜻이지만, 20세기 이후 우리가 알고 있는 의미로 변질된 단어다. 비정부조직, 단체, 개인이 정치적 목적으로 자행하는 민간인 대상의 폭력 행위. 테러하우스의 '테러'가 그것이다.

'공포의 관'에서 '관'은 시신을 넣는 관棺이 아니라 전시관의 관館이다. 하지만 시신을 넣는 관이라고 해도 좋을 것 같다. 왜냐하면 테러하우스는 극우 백색테러와 극좌적색테러가 자행한 폭력과 학살의 전시장이기 때문이다.

'박물관'이라고 하지 않고 '전시장'이라고 한 것은, 이 공간이 사실적인 증거들을 보관하고 진열한 곳이 아니라, 교육용으로 드라마틱하게 구성해놓은 공간이기 때문이다. 박물관이라는 공간 자체가 이미 이데올로기적이지만, 테러하우스는 특별히 이데올로기적이다. 이데올로기를 거부하는 이데올로기이기 때문이다. 이건 농담도 아니고 말장난도 아니다. 말하자면 비참한 팩트라고나 할까.

테러하우스는 헝가리 현대사의 두 비극을 기록해놓은

공간이다. 하나는 1940년대 중반 극우 나치즘의 테러다. 당시 독일 나치의 이념을 추종한 헝가리인들을 '애로우크로스(화살십자당)'라고 부른다. 헝가리에서 3천여 명의 '아슈케나지 유대인(동유럽 유대인)'을 학살한 것은 독일 나치가 아니라 헝가리인으로 이루어진 애로우크로스였다.

애로우크로스는 인종차별적 이념을 앞세워 남녀노소 할 것 없이 학살을 자행했다. 도나우 강변에 일렬로 세워 놓고, 신발을 벗긴 뒤에, 총을 쏘아 수장시켰다. 도나우 강변에는 이 시기의 희생자들을 기리는 신발 조형물들이 실물 크기로 설치되어 있다. 단지 작은 신발들이 놓여 있을 뿐인데도, 이곳을 지나는 이들에게 그것은 무엇보다 비극적이고 슬픈 이미지로 각인될 수밖에 없다. 바로 그 애로우크로스가 유대인들을 고문하고 감금했던 장소가 바로 이 테러하우스다.

다른 하나의 테러는 애로우크로스에 이어서 부다페스트를 접수한 소련 극좌파들이 저지른 것이다. 그들은 극우 테러만큼이나 잔학한 행태를 보인다. 70만 명이 넘는 전쟁 포로와 민간인이 강제 노동에 동원되었으며 그중 다수가 '굴라그'라고 불리는 수용소에서 죽어갔다. 극우파에 이어서 극좌파들이, 이 테러하우스를 지하 감옥과 고문 장소로 활용한 것이다.

요컨대 테러하우스는 20세기 중반에 자행된 테러의 두 양상을 극화劇化해놓은 전시장이다. 사실적 자료만 있는 것이 아니라, 지하 감옥을 재현하고, 고문당하는 사람의 비명소리를 틀어놓고, 다큐멘터리 필름을 상영하는 등 연극적 연출을 적극적으로 덧입힌 공간이다.

동쪽으로 국경을 맞대고 있는 우크라이나에서는 1년이 지나도록 전쟁이 지속되고 있다. 그것은 더 이상 '이데올로기' 때문이 아니다. 이데올로기는 핑계에 불과하다. '극우파 네오나치 청산'을 외치며 전쟁을 일으킨 러시아의 푸틴이 있고, 그런 푸틴과의 친화력을 과시하는 헝가리의 극우파 총리 오르반이 있다. 그런데 자본주의 헝가리의 상점과 미술관 들은 러시아 신용카드는 취급하지 않는다는 안내문을 입구에 붙여 놓는다. 여러모로 기이한 상황이 아닐 수 없다. 이것을 포스트 이데올로기 시대의 풍경이라고 부를 수 있을까.

테러하우스를 둘러보고 나오면 어쩐지 우울하고 참담한 기분에서 벗어나기 어렵다. 게다가 드물게 해가 좋은 날이었다. 마음은 무겁게 가라앉고 있는데, 언드라시 거리의 풍경은 환하고 평화로워 보였다. 나는 그 이질감을 견디기 어려웠다. 그날은 술을 많이 마시고 밤의 부다페스트 거리를 하염없이 걸었다. 아름다운 중세풍의 건물들. 여전히 습하고 서서히 살을 에는 공기. 공기라기보다는 일종의 기분. 밤은 영영 끝나지 않을 것처럼 먼 길 끝으로 이어지고 있었다.

작가 후기

2023년 2월. 겨울. 부다페스트 바토리가 17번지. 더숲 레지던스 숙소의 방에 앉아 '작가의 말'을 쓰기로 합니다. 작가의 말이 필요할까? 잠시 생각하다가, 그래도 읽는 분들께 마음을 담아 몇 마디 적어두고 싶다고 다시 생각합니다.

이 책은 순서대로 내용이 전개되는 책은 아닙니다. 기승전결도 없고 서론 본론 결론도 없습니다. 하나의 주제로 수렴되지도 않습니다. 일기라기에는 충분히 사적이지 않고, 에세이라기에는 지나치게 파편적이며, 메모라기에는 긴 글들을 포함하고 있습니다. 시나 소설 비슷한 것도 있지만 평론 문장처럼 딱딱한 부분도 많습니다. 시와 소설을 주제로 삼은 메타적인 글쓰기인 한편, 삶과 정치에 대한 단상들을 포함하고 있기도 합니다.

이 책의 글들을 다시 읽고 편집 작업을 하는 과정에서 저는 확실히 에크리, 즉 '쓰다'라는 행위에 대해 유동적이고 잠정적이며 임의적인 태도를 취한 것 같습니다. 완결성도 없고 통일성도 없고 안과 바깥의 이음매도 헐거워서, 전통적 의미의 '텍스트'라고 할 수 없다는 뜻입니다. 그러니 아무 곳이나 펼쳐서 되는 대로 읽다가 아무 데서나 덮으셔도 좋으리라 생각합니다.

물론 이 글들도 서로 연루되고 이어지며 하나의 세계를 이루고 있습니다. 저 자신은 그것을 느낍니다. 왜냐하면 저 자신이 그 세계에서 태어나 울고 웃고 지지고 볶으며 살아왔으니까요.

1장은 좀 오래된 글들입니다. 2004년과 2007년에 쓰인 것으로, 배경은 러시아의 겨울입니다. 이 두 편의 산문은 소비에트 몰락 직후였던 1994년을 추억하는 느낌으로 쓴 것입니다. 사적인 일기는 아니지만, 그래도 일기를 쓰는 기분이 스며 있기는 합니다.

2장의 메모들은 후반부의 몇몇 꼭지를 제외하면 대부분 2005년에서 2015년 사이에 쓴 것입니다. 그 시절에는 철학이나 이론에도 나름 관심이 많았던 모양입니다. 파편적인 단상들인지라 읽기에 딱딱하고 뻑뻑한 느낌을 줄 것 같습니다. 어떤 문장들은 지금의 나라면 쓰지 않거나 쓰지 못하리라는 느낌이 들기도 하고, 어떤 단상들은 과거의 내가 지금의 나에게 건네는 말 같다는 느낌을 주기도 합니다. 어쩌면 과거의 나와 현재의 내가 대화하는 느낌이랄 수도 있겠습니다.

3장에는 조금 긴 글들을 모았습니다. 개인적으로 2005년은 『나의 우울한 모던 보이』나 『혁명과 모더니즘』 같은 비평적 에세이집을 냈던 해입니다. 그 후로 시와 소설이 아닌 다른 종류의 책을 낸 적이 없는데, 그 기간 동안 쓴 글들 중 몇 꼭지를 모았습니다.

4장은 지금 이 글을 쓰고 있는 부다페스트의 풍경을 담고 있습니다. 더숲문화재단의 홈페이지에 게재하기 위해 쓴 글들이기도 합니다. 1장에 대한 반향이 되었으면 하는 생각으로 글을 다듬어 마지막에 넣었습니다.

말하자면 이 책은 1994년을 추억하는 2004년의 '일기'로 시작해서, 2004년을 추억하는 2023년의 '일기'로 끝나는 셈입니다. 1994년에서 2023년에 이르는 30여 년의 시간이 그 사이에 끼여 있습니다. 30년이라니, 어쩐지 어색하고 어리둥절한 기분이 드는군요.

부다페스트에서 보낸 이번 겨울은 대체로 춥고 어두웠습니다. 거의 매일 술을 마셨고, 술을 마실 때만 기분이 나아졌습니다. 새벽의 캄캄한 어둠 속에서 눈을 뜨는 일이 잦았습니다. 흩어지고 엇나가는 생각들을 멈추기 위해 애를 써야 했습니다. 그것이 나쁘지 않았습니다.

이 글을 마무리한 뒤에는 이 도시를 떠납니다. 1장에 인용한 츠베타예바의 말대로, 언제 어디서든 떠난다는 것은 하나의 죽음 같은지도 모르겠습니다. 이렇게 떠나고 나면 다시는 이곳에 돌아오지 못하리. 그런 뜻이겠지요. 저 역시 앞으로 살아가는 동안 이 도시에 다시 오지는 못할 것 같습니다. 직관적으로 그렇게 느낍니다. 이 책을 쓰던 시간의 마음으로도 돌아올 수 없겠지요. 한 권의 책을 마친다는 것은 그런 의미에서 "하나의 죽음"을 겪는 일과 비슷한지도 모르겠습니다.

　이제 작별이군요. 안녕, 이라고 중얼거려봅니다. 모두에게 평화와 안식이 함께하기를, 두 손 모아 기원합니다.

　P. S. 언제나처럼 초고를 정성들여 읽고 독후감을 들려준 시인 신해욱 님과 꼼꼼하고 섬세한 감각으로 책의 꼴을 만들어준 편집자 윤소진 님께 마음으로부터 감사를 드립니다.